貞操逆転世界ならモテると思っていたら

陽波ゆうい

角川スニーカー文庫

24183

Illustration：ゆか
Design Works：AFTERGLOW

プロローグ

俺、市瀬郁人《いちせいくと》が――貞操逆転世界に来て15年が経《た》った。

……何言ってんだこいつ？　と思っただろ、そこのお前！

前世だったら確かにそのツッコミは受け入れよう。

こいつ、夢物語を見ているな？　いかにも童貞だな、ぷーくすくすと笑われようが耐えられる……はず！

だが、俺は本当に貞操逆転世界にいるのだ。

高校卒業間近だったある日、気づけば赤ん坊としてこの世界に生まれてから15年という月日が経ったのだ。

――貞操逆転世界。

それは、女性の方が性欲が強い世界。

故に、女性が肉食系になり男性を求め、男性はというとそんな女性ばかりなものだから草食系になってしまう。

逆説的にいえば、男に生まれれば女性に狙われること間違いなしということ。

それと、貞操逆転と大体セットになってくるのが男女比の偏り。

俺が転生した世界の男女比は1：20。

男女比が偏っているのは元の世界のラノベや漫画で定番ネタだったが……それが現実となると色々と警戒しなければいけないと体感した。

例えば、男の貴重さについて。

元の世界ならば、男なんてそこら辺を歩いていればすぐに遭遇した。

しかし、貞操逆転世界となれば違う。

小学校に上がる前に母親と一緒にショッピングモールに行った時。実はその日がお出かけデビュー日だった。

この時点でもう男に対する待遇が違うと思うだろう？

身内でこうなら、外の世界はどう違っているのだろうか？

そんな好奇心から母親が買い物に集中した隙を見計らい、俺はこっそり抜け出して探索することにした。

で、結果。

「あら。男の子がいるわ」

「ねぇ、ぼく？　1人じゃ危ないからまずはお姉さんの家に行こっか？」

「はぁはぁ……男。それもショタ！　なら合法よー！」

行く先々、視界の先には女性しかいなかった。

女性の方が多い世界なのだからそういう光景になるのは当然だが……やたらと目が合った。

それは、小さな子供を微笑《ほほえ》ましく見守るような温かいものではないと感じた。

息も荒いし、妙に怖い目をして近づいてくるし……女性がなんだか怖く感じた。

それからいつの間にか始まる追いかけっこ。

息を切らしながらなんとか逃げ切れたものの、母親に1人でこっそりと抜け出したことが即バレてめちゃくちゃ叱られた。

そのことや普段の行いから、俺は危なかっしい子と判断されたのだろう。

小学校は通わせてもらったものの、中学校は自宅での通信教育にされた。

だが、それももう過去のこと。

この世界の女性がどういった感じなのかある程度理解したし、対応も可能だ。

そして高校入学も決まっている。

「高校では可愛《かわい》い女の子たちに四方八方囲まれたチヤホヤハーレムが待っているはず！

最大のモテ期に備えて俺も受け止められるようにしないとな！」

男の願望丸出しで意気込んでいた俺だったが……まさかあんな結果になるとは。

第一章『男性護衛官』

現在俺は、男女共学である私立鳳銘《ほうめい》高校に通っている。

入学してから早１ヶ月が経った。

貞操逆転世界の高校生活。前世と違うところといえばやはり男女比。

うちのクラスの男子は俺を含め３人。学校全体の男子は40人にも満たないらしい。

そしてもう１つ。

高校生活を送る上での違いといえば――男性護衛官という、男子に安心で安全な高校生活を送ってもらうためのボディーガード的な存在がいること。

男性護衛官。

名前から察するに、性別が男の護衛官と男子の護衛をする人という二重の意味があるのだろう。

男性護衛官は登校から下校。学校にいる間は常に男子の傍《そば》にいる。

ボディーガード的な存在といっても、鍛え抜かれた大人のエリート集団ではなく……一般受験とは別の男性護衛官という枠での受験を経て選ばれた、同年代の生徒。

服装は堅苦しいスーツというわけではなく、デザインは少し違うが男子用の制服を着ている。

ただこの男性護衛官……イケメンや美形な人がやたらと多い。

それによってどういうことが起きるかって？

それはだな……。

◆◆

帰りのＨＲ《ホームルーム》が終わり、担任教師が教室を出た瞬間。教室は一気に賑《にぎ》わった。

クラスの皆が今日も囲む。

学校一の美少女？　大人気アイドル？　カースト一軍ギャル？

いずれも違う。

じゃあ答え合わせといこう。

「田中《たなか》くん！　この後時間あるかなっ」

「高橋《たかはし》く〜ん。今日一緒に帰らない？」

囲まれているのは、ごく平凡な容姿をした男子２人だ。

放課後、女子から誘われる。しかも全員可愛い。

青春というか、リア充というか……用事がない限り、断る理由なんてないだろう。

——元の世界の感覚ならば。

「ぼ、僕は早く家に帰りたいです……」

「いや、女子と帰るとか何をされるか分からないし、怖いし……」

熱烈な誘いを受けるおかっぱの田中とメガネの高橋は、引き攣《つ》った笑みを浮かべたり、視線がキョロキョロと彷徨《さまよ》ったりなど挙動不審な様子だった。

既視感があるとしたら、ギャルに話しかけられるオタクかな。

この世界の大半の男性は女性に対して萎縮したり、怯《おび》えたりするような態度になってしまうとか。

それ以外の男はどうなんだって？

甘やかされて育った結果、ワガママで横暴な態度らしい。

全員が全員、その2つに当てはまるとは限らないけどな。

「田中きゅ〜ん」

「高橋くーん」

女子たちはお構いなしに話しかけ続ける。

よほど放課後を男子と一緒に過ごしたい欲が強いのだろう。

「私じゃだめかなっ。男の子ウケいいっていう貧乳だし」

「ねぇねぇアタシ、怖くないよ？　アタシ優しいギャルだよ〜？」

アプローチの仕方がとても魅力的！　もう頷《うなず》いちゃえよとさえ思ってしまう。

それからも粘る女子たちだったが……ついにその時が訪れた。

「はい、時間切れです。皆さん、これ以上の接近はお２人が怖がってしまうのでお下がりください！」

「それでも近づくなら、男性護衛官のわたしたちが容赦しないよー？」

田中と高橋を庇《かば》うように前に立つ生徒が２人。たくさんの生徒の中にいるにもかかわらず、少しデザインが違う男子用の制服と威圧感で一際目立っていた。

男性護衛官である。ちなみにどちらも美形。

男性護衛官はボディーガードでありつつも、学校ではコミュニケーションが苦手気味な男子と仲良くなりたくて積極的な女子の仲介役をすることが多い。

今回も、田中と高橋の様子を見てこれ以上のやり取りは２人の不安を煽《あお》ることになると判断したのだろう。だから止めに入った。

業務の一環とはいえ、毎回ご苦労様です。

にしても、女子たちはなんで高橋と田中のようなｔｈｅ普通の男子に言い寄るのだろうか？　男性護衛官の方がイケメンなのになぁ。

「え〜〜！　ケチっ！　男性護衛官ばっかり男子の傍にいてずるいよ〜！」

「そーだ！　そーだ！　うちらが何をしたと言うんだーー！」

「我がクラスの貴重な男子たちとお近づきになりたいだけなのに〜！」

今日も男子との距離が進展しなかったことに対しての不満からか、男性護衛官に猛抗議しているクラスの女子たち。

「男子を怖がらせて学校に来なくなったら、それこそ皆さん、困るのではないのですか？」

「そうなったらもう一生……男子と同じクラスで学校生活を送れないかも。それでもいいの？」

男性護衛官にぐぅの音も出ないほどの正論を吐かれて女子たちは皆、苦い顔になる。

鳳銘高校を受験した時、俺たち男は推薦枠のような扱いだったが、女子の方は推薦枠というのは滅多《めった》になく、全員が一般枠での受験。

それだけでも大変だが、うちの高校は毎年倍率が凄《すご》いらしい。

最大の理由は、鳳銘高校が全国的に見ても男子生徒が多く在籍しているから。

男子と比較して試験に合格するのがかなり難しそうだが、同じ空間に男子がいるということはそれだけで生き甲斐《がい》らしい。

むしろ、男子に会うために学校に行っているのを言っているのをテレビの街頭インタビューで見たことがある。

「も、もう僕っ。おうち帰るっ」

「女は怖い……女は怖い……」

女子たちが怯《ひる》んだ隙に田中と高橋はバッグを胸に抱きながら逃げるように教室を出た。

男性護衛官もすぐさま追いかけて教室の賑わいはぴたりと止まった。

やはりというかなんというか、数が少ない男子は蝶《ちょう》よ花よと育てられたため、女子との接し方に慣れていないみたいだな。

俺と話す時は田中も高橋も普通にいいやつなんだけどな。

「あ〜。行っちゃった〜」

「今回もダメかぁ〜」

「ちょっとだけ……先っちょだけでもいいからお近づきになりたいよね〜」

お目当ての田中と高橋がいなくなり、女子たちは皆、肩を落としながら自分の席に戻り、鞄《かばん》に教材を入れ始めた。

この一連の光景をほぼ毎日見ている。

俺の席は窓際の1番後ろだから教室全体をグルリと見渡せてよく観察できる。

……さて、今度は俺ですよ。

田中と高橋と同じ男にもかかわらず、何故《なぜ》俺はこうして心の中で呑気《のんき》に実況できていたかというと……。

放課後になっても俺のところには女子が１人も来なかったから。

「……」

俺は無言で立ち上がる。

自分から行動することにしたのだ。大事だよな！

早速、近くにいた女子２人に声を掛けてみた。

「あのさっ。俺とかどう？　放課後暇だし？」

緊張してつい浮ついた声になってしまった。

いくら男が求められる世界とはいえ、こういうのはやっぱり慣れない。慣れていたら元の世界の時点でモテている。

そうだよ！　俺は前世じゃ女子にモテず、男友達ばかり増えていく、楽しいが心は悲しい人生だったのさ！

だが、ここは貞操逆転世界。

声を掛けられた女子２人は顔を見合わせ……意見が纏《まと》まったのか俺の方を向き。

「市瀬《いちせ》くん、何言ってるの？　市瀬くんには遠坂《とおさか》くんがいるじゃ〜ん」

「そうそう！　遠坂くんがいるから近づけないよ〜」

「え？　留衣《るい》は今、傍にはいないけど……」

俺の男性護衛官はというと、日誌を提出するために今頃は職員室にいるだろう。

自分で言うのもなんだが、男性護衛官がいない今が俺という男子を誘う絶好のチャンスだと思う。

「ああ、そういうことじゃなくてねー。市瀬くんと遠坂くんのカップリングは邪魔できないってことだよ〜」

「そうそう！　２人のあの雰囲気に混ざろうとするのはいくら私たちでも勇気いるし〜」

「『早く付き合っちゃってよ』」

なんか俺だけ求められるもの違くない⁉

「いやいや⁉　俺たちそんな仲じゃねーよ！」

女子たちのテンションの高さと早口に釣られて、俺は勢い良くツッコミを入れた。

男性護衛官はその名から察するに、性別が男の護衛官という意味も含まれているのだろう。

つまりは、留衣は俺と同じ男なのだ。それに見た目も男だし。

男子同士、女子同士の恋愛はこの世界では理解があり、自由だが……俺は、俺のことを猛烈に好きでいてくれる美少女と付き合いたい！

そう心の中で思い終えた頃には、女子２人はこちらに手を振り、教室を出ていった。

「行っちゃったよ……」

俺の放課後のお誘いも失敗したのだった。

他の男子と違って俺はというと……ハイスペックイケメンこと、男性護衛官のせいである意味モテないでいた。

まあ意味深に見られなくても、完璧イケメンが隣にいる時点で俺はモテないだろう。

だが、それにしてもだ！

男が常に求められているという貞操逆転世界なのに俺だけモテなすぎじゃねぇ⁉

誰か俺という男に対して、純粋な興味がある女の子はいないの⁉

自分について振り返るとしよう。

毎朝欠かさずセットしている黒髪。続けてきた筋トレで最近は薄《うっす》らと腹筋が浮かんだ筋肉質な体型。体臭は汗臭いとかはなく、柔軟剤のいい香りもしている。

勉強は普通。運動はまあまあ得意といったところだ。

入学して間もない頃は、男ということもあって女子全員から注目と興味を持たれているという視線を感じたが……。

入学から1ヶ月経《た》った現在の俺がこちらです。

「やばっ。部活遅れる〜！」

「もう帰ろっか〜」

「市瀬くんまたねー」

挨拶や目が合った女子には笑って手を振る。

そうして次々とクラスの女子が教室を出ていき……最後の1人がパタンとスライドドアを閉めた。

はい、教室に俺以外もう誰もいません！

「この調子じゃチヤホヤハーレムは夢のまた夢だな……」

項垂《うなだ》れるように椅子に腰掛ける。

いくら貞操逆転世界とはいえ、男というだけでモテるなんて甘い世界ではなかったということかな。

「てか、留衣のやつ遅いなぁ……」

一向に戻ってくる気配がない俺の男性護衛官。

男子は単独での登下校は禁止されているので、先に帰るという選択肢がなく、俺はこうして待ち続けているのだが……。

「……仕方ない。こっちから迎えに行くか」

戻ってこない理由に心当たりがあった。

教室を出て、足を動かしながら辺りを見回していれば、昇降口付近の廊下に女子たちが集まっているのが見えた。

「あれだな」

女子の集団の方に足を進める。

女子たちは中心にいる人物に夢中で俺が近づいていることに気づかない。俺も一応、男なんですけどね！

中心の人物の容姿がハッキリと見えてきた。

背が高く、美女と美少年をほどよく融合させたような中性的なイケメンだ。

「おーい！　留衣～！」

少し大きめの声で名前を呼べば、女子たちの間からそのイケメンは驚いたように顔を出した。

「えっ、郁人《いくと》！　教室で待っているはずじゃないの！」

「だって留衣、全然戻ってこないから呼びに来た」

「もうこんなに時間が経って……。ごめんね、皆。男性護衛官の仕事があるから」

留衣がそう言えば、女子たちは素直に応じ、俺の横をニヤニヤ、ソワソワした様子で通り過ぎていった。

「ごめんね、郁人」

留衣だけは俺の前で止まった。間近で見るとさらにイケメンだ。

遠坂《とおさか》留衣《るい》。

綺麗《きれい》な銀髪のショートに長いまつ毛、大きな瞳。すらっとした手足。身長は俺よりちょっと高い174センチ。

どこから見てもイケメンな容姿から入学して1ヶ月にもかかわらず、学校で知らない人はいない。

圧倒的にかっこいいので王子様的存在だ。

このハイスペックイケメンこそが、俺の隣に常にいる男性護衛官である。

「本当にごめん、郁人。職員室に日誌を届けてすぐ終わると思ったんだけど……途中で女の子たちに呼び止められちゃって」

「あの子たち皆、留衣のファンだろ？　羨ましいやつめっ」

脇腹らへんを肘で突《つつ》けば留衣は苦笑。

「わたしのことや男性護衛官の仕事を応援してくれるのは嬉《うれ》しいのだけど……毎回言い寄られるのは少し困るかな。それにこうして郁人を1人にしてしまっているし」

「俺のことは気にするなって。他の男だったら1人にされると不安になるみたいだけど、俺はそんなことないし」

「確かに郁人は他の男子と違って、女子に対して恐がるどころか慣れているみたいだけどさ。男性護衛官目線としてはどうしても心配してしまうよ」

まあ学校内で担当男子にもしものことがあれば、責任を感じるのは男性護衛官として当然のことだ。

「だから君のことをこれからも隣で守らせてね」

留衣は恥ずかしげもなく、はにかみながら言った。

イケメンすぎるだろ!!

男なのに思わず、ドキッとしてしまった。

これは俺がモテないと分かるし、留衣がモテるのも分かる。

フツメンな俺がどんなに外見に気を配ろうが、結局は勉強も運動もトーク力も振る舞い方も全部完璧な留衣には敵《かな》わないのだ。

視線も、黄色い歓声も、ラブレターも全て隣にいる留衣に流れていくのだ。

そりゃそうだよな！　俺が女子だったら一目見ただけで留衣に惚《ほ》れる。

加えて、全部努力して身につけたって聞いたらますます惚れちゃう。

でも……フツメンな俺でも貞操逆転世界でならモテるかもって淡い期待だけはしちゃダメですか！

「つか、前に留衣のファンの子たちに俺のこといい感じに紹介してくれって頼んだじゃん？　あれどうなった！」

俺は期待の眼差《まなざ》しを留衣に向ける。

留衣のようなイケメンに紹介されれば、俺もいい感じにモテ期の流れが来るのではないかと頼んでいたのだ。

「そんなこともあったね。えとー……」

留衣は顎に手を当て思い出しているようだ。

「あー……」

まだ結果は言っていないのに留衣の表情が段々と申し訳なさそうなものになってきた。

「えっ、なにその顔。もしかしてファンの子たちに俺のことを紹介するのを忘れていたとか？　俺、怒ったりしないからさ、話してみてくれ」

「いや、その……郁人のことはファンの子たちには紹介したよ。数少ない男子である郁人のことを皆、当然知っていたし、男子の中で1番話しやすいと言っていたね」

ここまでいいことしか言われていないのだが、留衣の表情が妙に引っかかる。

「ただ……」

「ただ？」

俺はごくり、と唾を呑《の》む。

そんな俺を確認して留衣はゆっくりと口を開いた。

「『私たちに寝取りプレイをしろってことですか？』とも言われてね。なんだか趣旨が違くなっていると思いつつ、いい言い回しが思いつかなくて……。思わず、今言ったことは忘れて、お互いにいつも通りでいようって言っちゃった。とにかく、ファンの子たちはわたしたちが仲良くしている空間を邪魔したくないと思っているみたいだね」

「邪魔じゃないよ！」

「郁人がそう思っていても……あはは」

留衣がついに語るのをやめて申し訳ない感じに戻った。

あの完璧な振る舞い方をしている留衣がこれほどタジタジになっているとは、よほど趣旨の違った反応になったのだろう。

放課後になっても誰も俺を訪ねてこない時点で、薄々察していたことだけどさ！

「どうせ俺は留衣みたいにはモテませんよーだ。はぁ、高校ではちょっとは華やかになると思ったんだけどなぁー」

「あっ、怒らないと言ったのに拗《す》ねてはいるね。そう拗ねないでよ。郁人の隣にはわたしがいるからいいじゃないか。それじゃだめかな？」

ふっ、と爽やかな笑みを浮かべる留衣。

くそっ！　女の子にモテモテでもこのイケメンは憎めねぇ！

「そうだな。俺の隣には留衣がいればいいなっ」

納得して頷き、ニカッと笑ってみせる。

留衣は男性護衛官であると同時に、友達でもある。貞操逆転世界でも友達というのは一生の宝である。

「全く……君はまたそんな期待させることを無自覚に言って……」

「ん？　どうした留衣？」

教室に戻ろうと足を進めたが、留衣は立ち止まっていた。

よく見れば、頬をほんのりと赤く染めていた。

「留衣？」

「……」

「留衣！」

「う、うん　今行くよ！」

ちょっと大きめに声を掛ければ、留衣はブルブルと首を横に振り。小走りで俺の隣に来た。

何か考え込んでいたようにも見えたが、今の会話に考えるようなことがあったか？

誰もいない教室に戻り、隣同士の席にてせっせと教材を鞄《かばん》に詰める俺たち。

「本当に遅くなってしまったね。ごめんね、郁人」

「気にするなって。それに今日は寄り道して帰るんだから家に帰るのは結局遅くなるだろ？」

「今日は駅前に新しくできたカフェに行くんだったよね？」

「そうそう！　あそこ、カフェだけどめちゃくちゃデカいハンバーグが美味《おい》しいみたいでさ！　女子たちの会話、盗み聞きして知った！」

「最後の一文はなんだか悲しい気持ちになってしまうから言わないでおこうね。郁人はよく食べるよね。帰ってからの夕食はあるのだろう？」

「もちろんある！　食べる！」

家の飯が1番美味《うま》いからな。ああ、昨日の晩飯の青椒肉絲《チンジヤオロース》を思い出すだけでも腹が減ってきた。

「女の子の方がよく食べる印象なんだけどね。郁人は美味しそうに食べるから見ていて微笑《ほほえ》ましいよ」

教室にいるのもほどほどに。俺たちは鞄を肩に掛け、校門へ。

「親御さんや玖乃《くの》くんには帰りが遅くなることはちゃんと伝えているかい？」

「おう。ちゃんと留衣と遊びに行くからって伝えたぞ」

「それは良かった。帰るのが遅くなるのに連絡がないと家族は心配するからね。郁人は男の子だから特に。もちろん、行きも帰りも男性護衛官のわたしが安全に届けてあげるよ。郁人に近づく痴女は……わたしが許さない」

キリッとした顔で堂々と言ってくれる留衣は頼もしいけど……どう考えてもイケメンな留衣の方が痴女に狙われそうだと思う。


「はぁーっ。満足満足〜」

お目当てのめちゃくちゃデカいハンバーグを完食したお腹《なか》をさする。

カフェを出る頃にはすっかり日が暮れていた。

「お腹はいっぱいになったかい？」

「うーむ……家に帰ってからの晩飯が楽しみだな！」

「うん、お腹いっぱいではないようだね。郁人は本当によく食べるね」

「育ち盛りだからな。身長も今は留衣の方が高いがすぐに追い越してみせるぞ！」

「わたしとしても明日にでも身長を追い越してくれると嬉しいよ」

「じゃあ明日は俺、ヒールでも履いてこようか？」

「ついでにスカートも穿《は》くかい？」

「それでメイクまでしたら、あーたしおんなのこ～♫　じゃねぇーよ！　つい自分の女装姿を想像してしまったわ！　うわっ、似合ってねぇ……」

苦虫を噛《か》み潰《つぶ》したような顔になる俺とは違い、留衣はふわりと笑い。

「わたしは実際に見てみたいけどね。女の子になった郁人の姿。馬鹿にしないよ？」

「そうやって言うのは大笑いする人のフラグなんですぅー」

そんな軽口を叩《たた》きつつ……えっ、冗談だよね？　俺、明日から女装デビューしないよね？

2人並んで帰路につく。

「それにしても、ようやく安定した日常を送れているね……わたしが」

留衣の言葉に俺は「うっ」と言葉に詰まる。

どこか遠くを眺め、留衣が語り始めた。

「最初の頃の郁人はそれはもう……凄かったもんねぇ。目を離すとすぐに1人でどこかに行くし、女子に積極的に話しに行って距離感バグらせているし、挙げ句の果てには女子相手に口説き文句っぽいことも言ってたよね。さすがに口説き慣れていないみたいで言い回しも、それを頑張って言っている姿も可愛らしかったけど」

「ぐわあああ！　やめろ――――！」

今は黒歴史っぽくなったその記憶に頭を抱える。

あの頃の俺は貞操逆転世界ならではの、男であるだけでチヤホヤされるハーレム展開を体感したかったために無我夢中だった。

で、結果。チヤホヤハーレムどころか、女子に話しかけられることはあっても言い寄られるほどモテていない。

俺の積極的な行動は逆に空回りしてしまったんだな。

今では反省してごく普通に振る舞っている。

「あれは若かりし頃故だと思ってもう一生掘り返さないでくれぇ……」

「今も若いけどね。まだ15歳だよ、わたしたち」

「あの頃の俺は赤ん坊だったと思ってくれ……」

そもそも高校卒業間近のある日、目が覚めたら赤ん坊としてこの世界に降り立っていたのだ。

実際、この世界の知識は赤ん坊程度だったということで……。うん、高校デビューの俺は赤ちゃんだったことにしよう！　わけ分かんないけど！

「今の郁人は成長しているだろうし、おさらいしようか？　男性護衛官は何故《なぜ》、朝と放課後の送迎を命じられていると思う？」

「学校外で男が1人でいると、しつこくナンパされることが多いからだっけ？　最悪の場合、無理やり連れていかれることだってあるし。男性護衛官が一緒だとそんな危険なことが起きないから！」

「そう。ナンパされることさえも未然に防ぐためにも、男性護衛官が常に隣にいないとね」

留衣の表情が穏やかになっていたので俺は胸を撫《な》で下ろす。

「しっかり理解できていて偉いね。これでまた、最初の頃みたいに『むしろ俺はナンパ大歓迎だぜ！』とか言っていたら……」

「い、言っていたら？」

なに、その言葉の区切り方！　怖いよ⁉

「ちょっと……分からせていたかもね」

留衣は目を細め、こちらを向いて微笑んだ。

それって、俺のちんこもぎ取って強制的に女の子にしていたってこと⁉

想像しただけで鳥肌がぞわぞわぁ～と……。

「留衣クン、爽やかな顔してえげつないこと考えますわね……」

「それ、郁人が自分で誇張した妄想に自分でツッコミを入れているだけだと思うよ。わたしは心優しい人間だから酷《ひど》いことはしないさ」

「自分で優しいって言うのかよっ」

まあ他の男子よりも圧倒的に苦労しただろう俺を一度も見捨てず、今でも世話を焼いてくれているからめちゃくちゃ優しいけど。

「と……わたしと2人でいる時のメリットは他にもあるよね？　じゃあ行こうか」

留衣が足を早めたことで俺は察する。

俺たちが急いで向かう先には――スーツ姿の男性。おそらく仕事帰りなのだろう。

と……もう1人。

「お兄さんこれから帰るだけでしょ？　それならアタシと遊んでくれてもいいじゃ～ん」

鞄を正面に持ち、狼狽《うろた》える男性の帰路を塞ぐように立ち、執拗《しつよう》に声を掛けている女子高校生がいた。

すぐにナンパだと分かる光景だ。

だから俺たちは動いた。

「はい、そこまで。その男性をナンパから解放してもらえないかな」

「しつこいナンパは男にはトラウマになることもあるらしいから、もうやめた方がいいぞ」

ナンパに夢中で背後から近づく俺と留衣には全く気づいていなかったのか、声に振り返った女子高校生は目を丸くして固まっていた。

執拗にナンパする図々《ずうずう》しさはあっても、男が3人に増えたらいくら肉食系の彼女でもその図々しさは発揮できないようで――。

「ご、ごめんなさい――！」

さっきまでのしつこさはどこ吹く風？　女子高校生は風を切り裂くようなスピードで退散した。

あっという間に背中が小さくなったところで、留衣が俺の方を見た。

「それに2人でいれば、こうしてナンパに遭っている男性を助けることができるだろう？」

「だなっ」

迷いなく大きく頷《うなず》いた俺に、留衣がふわりと笑う。

自分で言うのもなんだが、留衣は俺の扱いをよく分かっている。

男女比も男女の性格も少し違ったこの世界で15年過ごしてきたとはいえ……元の世界の感覚はまだ抜けきれていない。

どこにでもいる平凡な容姿の俺なんかが1人で彷徨《うろつ》いていても、ナンパや危ない目には遭わないだろうという思考になる。

でも、しつこいナンパに遭っている人をスムーズに助けるためには、1人より2人の方がいいという理由付けは腑に落ちた。

「郁人はこっちの理由だと、1人で好き勝手行動しないことをすんなり理解してくれたよね」

「留衣の教育の賜物《たまもの》ですよ」

「感謝の言葉ありがとう」

「先に言わせてよ、ありがとう」

特に苦労することなくナンパ阻止が終わり、俺も留衣もホッとして微笑み合う。

そんな俺たちにナンパに遭っていた男性が近づいてきた。

「あ、ありがとう君たち！　同じ男なのに勇気があるね……って、あっ。その制服……」

「ん？」

安心したように俺たちを見たのも束《つか》の間《ま》、男性の表情が急に強張《こわば》った。

俺たちというより、何故か留衣の方だけに視線が固定されて――

「し、失礼するよ……！」

「え、あっ」

男性は血相を変えて慌ただしく去っていった。

「なんだ？　何か大事な用事でも思い出したのか？」

「……。行こうか、郁人」

「お、おう」

留衣の横顔が一瞬、暗くなったのに気づいたが……その理由をこの時は聞き返さなかった。

第二章『遠坂留衣』

わたし、遠坂留衣《とおさかるい》は男性護衛官をしている。

男性護衛官とは、その名の通り男性を護衛する人ということ。いわば、ボディーガード的な存在だ。

男子が動くたびに、男性護衛官が付き添うなんて当たり前。

一見大変そうに見えるが、男子は予測不能な行動はしないだろうし、行動範囲は限られている。

何故なら男子の大半は目立つことを嫌うから。

それはこの世界の男女比が１：20であるが故だろう。

数が少ない男性は、どこへ行っても女性たちの視線を集める。時には身体《からだ》を舐《な》め回すように見られ、時にはしつこくナンパされる。

ニュースで流されるような痴姦などの性犯罪に巻き込まれるのは男性が多い。

そのこともあるだろうし、男に生まれてきたことで親からはとても大切にされ、周りからは女には気をつけるようにと刷り込むように言われたに違いない。

故に、男子は目立つことを嫌い、行動は消極的になりがちである。

学校生活で男子が自ら動く時といえば、トイレか他の男子と話をしたい時ぐらい。

放課後になれば、即帰宅だ。


だがそれは、わたしの〝周りの男子〟だったようで――


「留衣！　俺、今からクラスの女子たちに放課後のお誘いしてくるわっ」

「ちょっと待って郁人《いくと》。そんなコンビニに行くような感覚でとんでもないこと言わないで。男性護衛官の意味がなくなっちゃうから。あともう少し危機感を持って」

「誰に？」

「誰ってそりゃ……女の子たちにだよ」

「？　女子は皆、可愛《かわい》いけど？」

「女の子が可愛いで済んだら警察や男性護衛官はいらないんだよ、全く……」

きょとんとする郁人にわたしはやれやれとため息。

わたしが護衛を担当する市瀬《いちせ》郁人という男子は違う。

他の男子と同じと思ったら大間違い。

その行動はいつも斜め上だし、基本的に無自覚、無防備。お馬鹿だ。

例えばＰＡＲＴ１

「あいたっ。どこ見て……って、市瀬くん⁉」

「ごめんっ。立てるか？」

「あ、ひゃ、ひゃい！」

曲がり角でおさげの女子生徒とぶつかった時。

尻餅をついた女子に対して郁人は身を屈《かが》め手を差し出す。

相手の女子生徒は男子からそういうことをされたことがないからか、しばし硬直し……

結局、郁人の手を取ることなく、慌てて立ち上がり去っていった。

「俺……そんなに怖い顔してる⁉」

「彼女は急いでいたのかもしれないね」

例えばＰＡＲＴ２

「重っ……クラスの人数分の参考書をアタシだけに運ばせるとか、あの教師あり得なすぎるでしょ……」

「それ重いでしょ。全部持つぞ」

「へ？　え、あっ、市瀬っち！　いやいや！　その言葉だけでアタシやる気満々だからっ」

いかにも教師に目をつけられていそうな派手目のメイクの女子生徒に対しても、郁人自ら話しかけた。

その女子生徒は郁人に話しかけられたことでやる気が出たのか、重い荷物もなんのその。駆け足で行ってしまった。

「俺、非力だと思われてる？　筋トレとか一応してるんだけど？」

「彼女はたまたま……急いでいたんだよ」

例えばＰＡＲＴ３
「私、今日ちょっと体調悪いかも……」

「大丈夫？　よほど体調悪いなら俺がおんぶしていくぞ？　なんならお姫様抱っこ——」

「お、お姫様抱っこなんて体温40°になってしまいます～！」

体調が悪いと言っていたメガネの女子生徒は一気に顔が赤くなり、一目散に教室を出た。

「郁人……その、彼女もたまたま急いでいて……」

「なんで俺の時だけ皆急いでるの!?」

わたしのフォローもそろそろ限界だ。

話を戻そう。

見る人によってはこれらは大したことないエピソードと思うかもしれないが……相手が男子となれば話は違う。

数少ない男性から優しい対応をされると女性たちは『この男性、私のこと好きなの!?』と勘違いしてしまったり、調子に乗ってしまうのだ。

なお、当の本人はといえば。

「いや、当たり前のことをしているだけだけど？」

この通り、その気は全くない。

ただ当たり前のことをしているという認識だ。

大体、わたしが女子に言い寄られている理由の半分は――

「遠坂くん！　どうやったら市瀬くんと会話を続けることができるかなっ」

「遠坂くーん！　この前、市瀬くんにハンカチ拾ってもらっちゃった！　これって私のこと気になっているのかな!!」

他の男子たちと比べて、女子に対して優しい対応をする郁人が女子たちの間で話題にならないなんてあり得ないことだ。

ただその光景が郁人の目に見えることはなかった。

わたしが郁人のことを未《いま》だ読めないと思っているように、彼女たちもまた、郁人とどう接していけばいいか分からないのだ。

郁人は優しいだけではない。

明るく気さくでノリもいいし、下ネタだって平気だ。むしろ自分から普通に言う。

女子が想像してしまいそうな都合のいい男。

それが市瀬郁人で、目の前に存在している。

直前まで話す気満々な女子たちがいざ話そうとしても、今まで男子からされたことのない対応。

いやな顔ひとつせず、むしろ笑みを浮かべた気さくな反応が返ってくるということに、肉食系な女子たちでさえ、慣れなさと恥ずかしいという感情が湧き、何かと理由をつけてさっさと会話を切り上げてしまうことが多いのだ。

最近ではわたしとお似合いだからという言い訳が流行《はや》っているらしい。

何も知らない郁人からすれば、それは自分が嫌われているのではと勘違いしてもおかしくない。

最近の郁人は女子に積極的に話しかけにいくことが少なくなった。少なくなっても普通の男子よりは女子と接しているけど。

本人には気の毒だが、わたしが「今は郁人の優しい対応に皆、慣れていないだけだよ」と言っても励ましにもならないし……あの子、絶対信じない。

隣にいるわたしがイケメンだから自分がモテないんだと思い続けているに違いない。

そして今日も。

「留衣〜。帰ろうぜー。今日も俺だけ女子からの放課後のお誘いなかったわ。しくしく……」

「いつかは誘われると思うからそれまではわたしと2人っきりの放課後を楽しもうじゃないか。今日はどこか寄って帰るかい？」

「今日は甘いものが食べたいなー。クレープとか！」

「クレープなら学校近くにあるピンク色の移動販売車のところが美味《おい》しいと聞くよ」

「さすが留衣！　ファンの子からの情報か！」

「まあね。そこに行くかい？」

「行く！」

そうと決まればお互いに鞄《かばん》を肩に掛けて、自然と並んで歩く。

今日の学校生活でも放課後も。わたしだけが郁人の隣にいる。

男性護衛官だから隣にいるのが当たり前だとしても……それがたまらなく嬉《うれ》しいと思っている自分がいる。

そして、楽しい時間とは瞬《まばた》きのように過ぎる。

「クレープ美味かったなぁ～。今日も付き合ってくれてありがとなっ。留衣も気をつけて帰れよ！」

ぶんぶんと大きく手を振ってから郁人は自宅に入っていく。

ドアが閉まるまでわたしはにこやかな笑顔を保ちつつ……郁人の一瞬の動きさえ見逃すまいと目に焼き付けていた。

完全にドアが閉まり切って数秒。

「……さて、わたしも帰るとしよう」

名残惜しいが家に帰って楽な格好になりたい。

郁人の家から徒歩で10分。そこにわたしの住んでいる高層マンションがある。

自室に入り……大きな鏡の前に立つ。

楽しかった放課後の出来事を思い出し、顔には自然と笑みが浮かんでいた。

それとともに。

「郁人は相変わらず、男性護衛官のことを性別が男の護衛官……と勘違いしているようだね。男子の護衛を男子がやることがおかしいとは気づかないのかな？　そんなお馬鹿なところも彼の魅力ではあるけど」

わたしはブレザーのボタンを外し……さらにシャツのボタンも第３ボタンまで開けた。

そこまですれば、見える。

解《ほど》けかかったサラシと……その内側には、豊かに実った乳房が窮屈に押し込められていることが。

全部脱げばもっとすごい。

「郁人は……わたしが実は〝女の子〟だと知ったら喜んでくれるのかな」

その声色はいつもより弱々しい。

鏡に映っている自分の姿はあまり直視できない。

それだけわたしは、本当の姿を曝《さら》け出すことが怖いのだ。

男性は基本的に胸が小さくスレンダーな体型であまり身長が高くない女性を好む。

それは、自分たちの体型に近いからであり、似ているということはそれだけで嫌悪感や恐怖心が薄れるということ。

男子の傍《そば》に常にいる男性護衛官が男装をしている理由はそこにある。

でも、今鏡に映っているわたしでは真逆だ。

だからわたしの〝過去〟は……。

「郁人だけは……わたしの本当の姿を受け入れて欲しい……」

◆◆

授業が全て終わり、放課後。

女子からの放課後のお誘い？　いつも通り俺だけなかったよ！

今日はどこかに寄り道する予定もないし、部活やバイトもしていないので真っ直《ます》ぐ帰宅した。

もちろん男性護衛官の留衣に自宅まで送ってもらった。

「留衣は今日もイケメンだったなぁ」

ぼんやりと思い出す。

2人で並んで帰っているというのに……。

『ねぇ、あの人かっこよくない？』

『でも制服的に男性護衛官じゃない？』

『あんなにイケメンな男性護衛官なら普通にアリだよ！』

周りの女性の視線は全部留衣に向けられていた。

一応、俺もいたのだが話題にも上らなかったような。

平凡な容姿の男子は眼中にないってことだよな。とほほ……。

「やっぱりイケメンはどんな世界でもモテモテだよなぁー」

まあ普通の貞操逆転世界モノなら、ある日転生した俺がイケメンでモテモテというポジションになっているはずなんだけどな！

そんなことを思いながら、制服から部屋着になり、リビングへ。

家族はまだ帰ってきていない。

現在俺は、美人な母親と中学3年生の従弟《いとこ》と3人で暮らしている。

家は2階建てで結構広い。

「さて、何をしようかなぁ」

今日は学校からの宿題もない。うん、なんでもできるな！

「と言っても、今日はゲームって気分じゃないし、推しのVtuberの配信もないし……」

ぼんやりと考えながら俺は冷蔵庫へ向かった。

取り出したのは、コーラ。この甘さとしゅわりとした炭酸がたまんないよなー。

そんなコーラのお供といえばポテトチップス。この最強コンビは変わらない。

身体《からだ》を鍛えているのに高カロリーなものを食べてもいいのかって？

食べたらその分運動する。むしろ、継続して運動するきっかけになるように好きに食べているところもある。

「ポテチポテチ……あれ？」

お菓子をストックしている棚を探すも見当たらない。ちなみに推しはのりしおと九州しょうゆである。同志は俺と固い握手をしよう。

だが、その2つの味どころかポテトチップスという菓子がない。

「食べ切ったんだっけなぁ」

うーん、と記憶を巡らせる。

ポテチを食べる時は夕食前にちょっと摘《つま》んだり、配信を見る時のお供として食べることが多い。知らず知らずのうちに食べ切ってしまったのか。

「買いに行くか？」

もし買いに行くなら、もちろん俺1人で外に行くことになる。

元の世界ならなんの葛藤もなく買いに行くだろうけど……。

「連絡した方がいいよなぁ」

俺はおもむろにスマホを取り出す。

1人で外出する際は、一言でもいいので連絡を入れるように留衣と玖乃《くの》に教え込まれていた。

外出する時に何も起こらないとは限らないし、何かあってからでは遅い。

今では納得して連絡するようにしている。……たまに忘れることもあるけど。

連絡するとしたら母さん、玖乃、留衣の3人が候補に上がる。

誰に送るか迷わないように、最近グループチャットを作った。だからグループチャットの方にメッセージを送ることにする。

「近所のスーパーに行ってくる……送信！　じゃあさっさと買ってこよー」

俺は1人で外に出たのだった。

◆◆

今日は郁人がどこにも寄らなかったので早めに帰宅。

部屋に入り、胸元がキツく感じたのでサラシを即外した。

それから私服に着替えて、今は近所のスーパーにいる。

買うのは食材ではない。わたしは料理するのが苦手なのだ。

となれば自然と……。

「カップ麺やお惣菜《そうざい》、弁当ばかりではダメだと分かっていても……ついつい手が伸びてしまうんだよね」

カゴの中にはお湯を注ぐだけ、レンジでチンするだけで食べられるものばかり。

男性護衛官はその重要な役割故に、学校側の手当が手厚い。

1人暮らしをしていても金銭的な余裕が生まれ、余計に自炊をしなくなった。

「また料理に挑戦しても……。いや、それで怪我《けが》したら男性護衛官の業務に支障が出るかもしれないし……」

何より、学校を休んで郁人の隣にいられないのは……考えただけで胸がズキッとするほど嫌かな。

ピロン♪

スマホから通信音が鳴り、取り出して確認すれば、市瀬家とわたしの4人で構成されたグループチャットにメッセージが来ていた。

郁人：『近所のスーパーに行ってくる！』

「郁人も1人で外出する時は連絡してくれるようになったかぁ」

わたしはスマホから顔を上げ、ほっとする。

義務ではないが、わたしたちの安心材料になるからと外出する際には一言でもいいので連絡するようにお願いしていたのだ。

特に郁人は他の男子と違って存在自体が危なっかしいところがあるからね。

男子は女子よりも数が少ない。だからこそ、周りはどうしても過保護になってしまう。もちろん、わたしも。

お願いという言いつけに、時には煩わしさや生きづらいと思うこともあるだろう。

でも周りがどんなに言おうが、どうするか最終的に決めるのは男子自身。

郁人は納得性を感じたからこそ、連絡を入れてくれるようになったんだと思う。

留衣：『了解。連絡ありがとう』

そう打ち込み、スマホをポケットにしまう。

郁人の家は徒歩10分ほどで行ける。ということは、行きつけのスーパーも同じになり

……。

と、ここでわたしは気づく。

「近所のスーパーってことは……ここ？」

◆◆

「ありがとうございました〜」

「どうもです」

女性店員さんから精算を終えた商品を受け取り、持ってきたエコバッグに詰める。

「うん、普通に買い物できたわ」

店に入った時は、男だからと視線は集めたものの……俺が近くを通れば、離れていく人ばかり。

目が合った女性ににっこりと笑ったら次の瞬間にはもうどこかに行っている。

お菓子コーナーに行ってお目当てのポテチを買い、ついでに飲み物を買ってそのままレジへ。

で、今に至る。

ただ普通に買い物しただけである。

いや、こうして普通に買い物できることが世の男にとってはありがたいことだと思うけど。

もっとこう、積極的に女性から話しかけられたりはしないの⁉

と、心の中で嘆いても虚《むな》しいばかり。

詰め終わったエコバッグを持ち、1人店を出た。

「郁人」

「えっ、留衣！」

店を出ると待ち構えていたように腰に手を当てた私服姿の留衣がいた。

「なんで留衣がここに……。もしかしてストーカー？」

「こらっ。人聞きの悪いことを言っちゃダメだよ」

「ごめんなさい……」

今のは冗談としてダメだったな。

留衣が手を動かしたのを見て、自分から頭を傾けてチョップを受けにいく。

「あいてっ」

と、痛そうに口に出したものの、手加減されていて全然痛くない。

「全く……。実は郁人からのメッセージをもらった時には、偶然にもこのスーパーで買い物をしていてね。それでどうせなら家まで送っていこうと思って待っていたのさ」

留衣の男性護衛官としての意識の高さには感心するけど……プライベートの時まで頼るのはさすがに申し訳ない。

「こうして普通に買い物できたんだし、今回は1人で大丈夫だぞ」

ぐっと親指を立てて自信満々に言うが、留衣は首を縦に振らない。

「このスーパーは普段、玖乃くんと利用しているのだろう？」

「そうだな」

仕事で忙しい母さんに代わって、俺と玖乃がこのスーパーに買い物に来ることが多い。

「確かに俺が買い物に行こうとする時は絶対に玖乃が付き添うなぁ。うちの弟は過保護で可愛《かわい》いのですよ」

「兄弟仲が良いことは微笑《ほほえ》ましいね。でも、油断は禁物だよ？　男が1人でいてもナンパされないことが普通だとは思わないでね」

「はーい。まあナンパに遭わないのはいいことだよな。ところで、留衣」

「うん？」

少し首を傾《かし》げる留衣に、俺は最初から気になっていたことを言うことにする。

「その胸どうしたんだよ？」

「え？」

キョトンとした顔になる留衣。

留衣に会った時から俺は気になっていたのだ。

留衣の胸元に2つの膨らみがあることに。まるで巨乳が隠されているかのような部分に。

「それ、あれだよな。おっぱいだよな」

再度、指摘すれば……留衣はくるりと俺に背を向けた。

「……しまった。スーパーでの郁人の様子が心配で追うのに夢中でサラシを巻いてないことを忘れていた……」

留衣が何を言っているのか聞き取れないものの、俺に気づかれて焦っているのは間違いないみたいだ。

ということは……。

「留衣、お前……」

「……っ」

留衣が慌ててこちらを向いた。

その表情は申し訳なさそうで、まるで聞かれたくないことを聞かれたというように。その先は口にできないでいる様子だった。

やはり……そうなのか。

留衣が言わないなら、俺が先に言うことにする。

俺は一息つき、口を開いた。

「もしや……他の男と比べてまだまだ危機感がない俺に女の怖さを教えようと、わざわざ女装してきたんだな！　だが、俺には効かないぞっ。誰にも話しかけられずに買い物を終えたことでダメージはすでに喰《く》らっているわけだし！　ぐはぁ……」

「……。はぁ」

留衣は強張《こわば》った表情から呆《あき》れたような表情に変わった。

「郁人ってほんと鈍感というか……馬鹿だよね」

「馬鹿とはなんだ！　そうだが！」

「認めちゃうんだね」

馬鹿で何が悪い！

周りの男たちは近づいてくる女子たちを皆、警戒しているが……俺としては可愛い女の子たちに四方八方囲まれてチヤホヤされる環境が羨ましいと思ってしまうのだ。

欲望童貞丸出しの馬鹿なのだ！

「多分そっちの馬鹿じゃないと思うけど……」

「ん？　何か言ったか？」

「なんでもない」

ぷいっ、と留衣が俺に背中を向けた。

同時にぶるんっと胸の部分が揺れるのが見えた。

「でも巨乳な留衣もいいな」

「えっ」

留衣がすぐさまこちらを振り返った。

俺は再び、留衣を凝視する。

胸があるだけで容姿が違ったように見える。

銀髪のショートカットに美形だがよく見ると可愛い系の顔立ち。

サイズが少し大きめの制服のズボンと違い、サイズが合ったジーパンにより、やけに肉付きがよく見える太もも。細いくびれとは対照的でぶるんと存在感を表す巨乳。

今の留衣はなんというか、ボーイッシュ美少女という印象だ。

「うん、可愛いぞ。これなら全然イケ……」

って、何を口走っているんだ俺は！　女子にモテていないからって男であるはずの留衣に走るのは違うだろ！

「本当……？」

「え？」

「本当？」

留衣の顔が近づく。いつになく真剣な表情だ。

「ねぇ、郁人。わたしの今の姿どう思っているの？」

「え？　可愛いと思っているけど？」

「本当？」

「本当だけど……？」

やけに食い気味に聞いてくる留衣の圧に押され、疑問形になりながらも素直に答える。

「そっか……。ふーん、そっかぁ。わたしの本当の姿を郁人だけは……」

「留衣？」

口元を手で押さえているので留衣が何を言っているか聞き取れない。

と、考え終えたように留衣は口から手を離した。

嬉《うれ》しいのか留衣の口角は上がっていた。

「うん、やっぱり郁人は郁人だね。それじゃあ帰ろうか」

「お、おう……」

って、一緒に帰る流れになっているし⁉　まあいっか。

「ところで郁人。グループチャットは確認したかい？」

「留衣からのメッセージは確認したぞ？」

了解ってメッセージ来ていたな。

「ああ、わたしのメッセージではなくてね。わたしは郁人の送迎が終われば男性護衛官の仕事が終わる。それから郁人が自由に外出しようが連絡を一言入れてくれるのなら、止めるつもりはないよ。ただ……」

「ただ……？」

「仲良しの弟である玖乃くんはどうなんだろうね？」

「あっ」

メッセージを確認しなくとも……俺の背筋はピンと伸びたのだった。

◆◆

帰宅後。

ただいまの挨拶、手洗いうがいを終えて——俺は正座していた。もちろん自分から進んで。

「何故《なぜ》正座しているのですか、兄さん」

「玖乃は怒っているかなぁーと」

「ボクは別に、怒ってなんかいません」

その割には全然、視線を合わせようとしない。

目の前でソファに深く腰掛けているのは、市瀬玖乃。

ボブカットの黒髪に、切れ長の目。薄い輪郭。ほっそりした体型。

留衣とはまた違ったイケメン。イケメンというか美少年要素が強い。

玖乃は俺の従弟《いとこ》にあたるが訳あって一緒に暮らしている。

兄弟というのに憧れがあった俺は、玖乃のことを本当の弟のように可愛がっている。

「グループチャットの方に連絡したけど、さっき1回家に帰ってから1人で近所のスーパーにポテチを買いに行きました」

最近はこうして口でも報告するようにしている。

「そうですか」

玖乃は口調こそなんてことなさそうだが、頰が少し膨らんでいた。

玖乃は基本、表情はクールだがその半面、仕草には出やすいから感情が分かりやすいんだよな。

「誰にもナンパされることなく買い物できたぞ。これも一応報告しとく」

「それは良かったです」

「それで本音は？」

「……なんで1人で外出したの？　ちょっとぐらい待ってボクと一緒に買い物に行くのではダメだったのですか？　外の女は危ないと毎回言っていますよね？　今は大丈夫でも兄さんのように無自覚無防備な男性の存在が広まれば襲われてしまう日も近いんですよ？兄さんが襲われた日にはボク、この世の女全てを恨みます、絶対に」

「本当に本音だな」

随分と長文で早口である。

見て分かる通り、玖乃は俺に対してかなり過保護だ。

中学では男性護衛官をしているのでそれも影響しているのだろう。

あと、分かっていることだと思うが玖乃の学ラン姿はめちゃくちゃカッコいいぞ。

「噛《か》まずに言えました」

「偉いね」

微笑《ほほえ》ましく見ていると、玖乃がハッとした表情になり、肩をすくめた。

「言ってしまいました、本音。……こんなこと言いたくないのに」

「本音なのに？」

俺の言葉に玖乃は眉までも顰《ひそ》めた。

「１人で外出するたびにこんなことを言われては、兄さんだってあまりいい気はしないと思います。お母さんに勉強しろ勉強しろと言われて今やろうと思っていたのに……と、うざったく感じる時と同じです」

「例えが非常に分かりやすい」

最初の頃こそ、俺の女性への無警戒さに玖乃は注意してくることが多かった。

今では俺の意思を尊重してくれて、注意する回数は減ったものの……そわそわしたり、やたらと俺を凝視したりと仕草には出る。あからさまに不機嫌になる。

次の日が玖乃のお弁当当番だった時は逆日の丸弁当になる。

「ボクの過保護は兄さんへの心配とボク自身の安心のためです。しかし、過保護以上に思いが重くなってしまえば生きづらくなってしまいます……」

玖乃はおずおずと俺の方を気にしながら言う。

「思いと重い。ダジャレだ」

「兄さん？」

「……ごめんなさい」

真面目に話しているのだからふざけないで、という圧を掛けられる。ごもっともです……。

玖乃は一息ついてから、言葉を重ねる。

「女性に対して恐怖心がなく、それどころか誰にでも優しいところは兄さんの良い点だと思っています。けど、兄さんの悪い点だとも思っています。だからボクは、兄さんが1人で出かけることに過保護気味になってしまいます。でもそれによって兄さんが生きづらくなるなら、我慢する方はボクのこの本音だと思います」

今日抱いていた本音は全て言えたのか、玖乃は肩を縮こまらせながら俺の表情を窺《うかが》った。

「そっか。ありがとうな」

聞き終えた俺は、柔らかに笑ってお礼を言った。

「……何故お礼を言うのですか？」

「だって玖乃が俺のことを心配してくれているってことが伝わってさ」

「じゃあ改善しますか？」

「うーん、気をつけるようにはするけど、もう二度と1人で外出しないかと言われたら分からない」

「むっ」

あっ、玖乃の頬が大きく膨らんだ。

玖乃の過保護発言はこの世界じゃ正論に近いだろう。

ただ、言われた通りに従うだけじゃつまらないと思うのが俺なわけで。

周りの言う通りに生きるのは窮屈だし、何より自分らしくない。

でも、俺のことを思って言ってくれた全部を無視するというわけでもなく。

「俺はお互いにこうして言い合って、いい塩梅《あんばい》を探って、それでお互いに納得できるラインが見つかれば1番いいと思っている。そっちの方がお互い楽しく生きれるだろ？」

「……つまりボクはこれからも過保護でもいいということですか？」

「おう、過保護上等だ。俺も無自覚なところは直らないかもしれないから、そこはよろしくな。あと、明日は一緒に買い物に行こう。その時、ハーゲンダッシュ奢《おご》るからさ。今日のお説教はこれで終わりじゃダメか？」

「……。では、お説教は終わります」

「ありがとう！」

お説教も終わったので正座からあぐらに切り替える。

玖乃は過保護だけど、俺の意見はちゃんと聞いてくれるし、やっぱり可愛《かわい》い弟だなと思う。

でも留衣も心配していたし、今後は玖乃や留衣を待ってから一緒に外出するとしよう。

話がキリ良く終わったところで。

「2人とも。ご飯できたから運ぶの手伝って」

キッチンから俺と玖乃のやり取りを見守っていた母さんが茶碗《ちゃわん》を片手に持ち、俺たちに声を掛けた。

「ハンバーグ持っていったら自分の好きな量のご飯をよそいなさい」

今日のメインはデミグラスソースがたっぷりかかったハンバーグだ。

前に留衣とカフェに行った時に、大きなハンバーグを食べたが、家のハンバーグはまた違う美味《おい》しさがある。

「ハンバーグだし、俺はご飯大盛り〜」

「ボクは小盛りにします」

俺と玖乃は茶碗を持ち、いそいそと炊飯器の前に。

母さんは自分の分のご飯を先によそっており、テーブルに座って俺たちのことを眺めていた。

この世界の母親は子供が男であれば何かと甘やかし、それでいて超心配性なことが多いらしいが……母さんは違う。

男だからということで優遇はせず、自分のことは自分でする。家事は手伝うのが当たり前。

元の世界の教育に近い。

そっちのがいい。

前世の記憶もあり、優遇されることは慣れていないし、何より甘やかされなくたって母さんが俺と玖乃のことを愛情を持って育ててくれているのはちゃんと伝わっているから。

それから3人で手を合わせて挨拶をしてから食べ始める。

ビーフの旨《うま》みたっぷりの肉厚ハンバーグにコクのあるデミグラスソース。箸で一口サイズに切り分けては大口で頬張り、肉の旨みとソースを堪能しつつも、すかさず白米をかき込む。

はぁ〜〜〜。

「堪《たま》らんッ！」

今日も母さんの料理は絶品で箸が止まらない。

「郁人はほんと美味しそうに食べるわよねぇ。作り甲斐《がい》があるわ〜」

「お母さん、ボクも美味しいと思ってます」

俺に負けじと玖乃は一口サイズに切ったハンバーグと白米をパクパク食べているところを母さんに見せる。

「玖乃は感情が表情に出づらいけど、ちゃんと分かっているわよ。玖乃は美味しくないと思ったらそもそも手をつけないでしょ？　それかやたらと水で流し込むか」

「そ、そうですね……」

母さんに仕草でバレバレだと言われて玖乃は恥ずかしそうに身体《からだ》を縮こまらせる。

「玖乃って確かにんじんが嫌いだっけ？」

「嫌いです。あの見た目と風味のくせに甘味《あまみ》があることが許せません」

眉間にグッとシワが寄る。よほど嫌いみたいだ。

俺はカレーに入っているにんじんは好きだが、にんじん単体では食おうとは思わない派だ。

「じゃあにんじんと俺が女性にナンパされてるの、どっちが嫌？」

「どっちも嫌なので、両方ぶった斬れば問題ないかと思います。まあ比喩ですが」

真顔で言う玖乃。

俺の下半身がヒュッとなったけど、ぶった斬られる対象になってないよね!?

「アンタたち、相変わらず仲良いわよねぇ。微笑ましいわ」

そんなことを言い出す母さんに玖乃も俺も視線をお互いに向ける。

「さっきまでのボクたちのどこを見て仲良しと思ったのですか、お母さん」

「あら、仲良くないの？」

「さっきまではどちらかといえば、言い合いをしていて――」

「だが結論は、俺と玖乃は仲良しだ！」

「兄さん早いです。もう少し語らせてくださいよ」

と言いつつ、否定はしない玖乃。

そんな俺たちを見ている母さんは温かい目をしていた。

「郁人の無自覚なところと玖乃の過保護なところ。ぶつかり合ったら一見ギクシャクして関係が拗《こじ》れそうだけど、ほんと上手《うま》くやっているわよね。母親ながら子供のアンタたちに感心しているわ」

母さんが言い終わったタイミングで俺は口を開く。

「俺は馬鹿だと思うんだ」

玖乃と母さんの動きがぴたりと止まった。

「兄さん風邪でも引きましたか？」

「しっ。馬鹿は風邪引かないのよ、玖乃」

「だから兄さんは風邪を引いたことがないんですね」

「その会話は地味に傷つくんですけど⁉」

玖乃と母さんがわざとらしく小声で言っているところに思わずツッコミを入れる。

こほんっと咳払《せきばら》いをして仕切り直し。

「俺は馬鹿だと思うんだ。深く考えずに軽はずみなことも多いと思う」

言葉を一旦区切り、正面に座る2人をチラッと見れば母さんがやたら頷《うなず》いていた。

……やっぱり勘違いしていることがあるんだ。

まじか⁉

それが何か気になるところだし、自分で察することができれば1番いい。

「そう、俺は馬鹿だ。だからちゃんと言ってくれないと分からないし、理由を言ってくれないことにはよく考えることもできない」

一息つき、続ける。

「俺の馬鹿さに呆《あき》れて関わらなくなる人もいるだろう。その時はちょっと悲しいけどさ……」

テーブルに下げていた視線を玖乃に向けるために上げる。

「玖乃は俺と毎日話してくれるし、一緒に外出したりするし、説教だってしてくる。ということは、玖乃にとって俺は〝ただの馬鹿〟じゃない。馬鹿以外に俺には良いところがあるから仲良くしてくれている。だからこれからもよろしくな、玖乃！」

最後にぐっ、と親指を立ててみせれば、玖乃は一度瞼《まぶた》を閉じてからゆっくり口を開いた。

「なるほど。兄さんはドMだったということですね。いや、束縛マゾですか？」

「いくら俺が馬鹿だからと五歩譲ってもドMで束縛マゾの解釈は酷《ひど》くないか！」

「そこは百歩譲りましょうよ」

玖乃はジト目でツッコミを入れたのも束《つか》の間《ま》。

「ボクとしてもこれからも兄さんと仲良しでいたい気持ちは同じですよ」

「だよなっ」

俺は笑い、玖乃はクールな表情ながらも口角は少し上がっていた。

「ほんと、郁人を見ていると男の価値観がバグるわねー」

育ててきた母さんでさえ、俺のことは変わり者だと思っている。

でも変わり者でも……。

「俺はいい息子？」

「ええ、いい息子よ。私には勿体《もったい》ないぐらいにね」

その言葉を聞ければ、俺はこの世界で自分を貫いていいんだって安心する。

「もちろん、玖乃もよ」

「ありがとうございますお母さん……」

照れ臭いのか、玖乃はぽりぽりと頬をかいていた。

と、微笑《ほほえ》んでいた母さんだったが俺の方を向くなり、妙に真剣な表情に切り替わった。

「でも郁人。人によっては言いたいことを言うって難しいことなのよ。女性はその言葉ひとつで自分の評価が落ちたり、関係が崩れることだってあるのだから。たまには郁人から気づく努力もしなさいよ」

「はぁい！」

「返事だけはいいわよね。そういうところが馬鹿っぽいのよね」

母さんのそんな言葉を聞きながら俺は大きく口を開けてハンバーグを頬張る。うん、美味《うま》い！

「まあ俺の周りに馬鹿はいないし、大丈夫だろっ」

「……」

ふと、玖乃を見れば口をきゅっと結び少し俯《うつむ》いていた。

しかし、この時の俺は特に気に留めなかったのだった。

◆◆

「午前の授業終わった〜」

椅子にもたれかかり、ホッと一息。

昼休みになり、教室はとても賑《にぎ》やかになっていた。

賑やか……。

そう。俺以外の周りは賑やか。

「高橋《たかはし》くんっ。私の手作りお弁当食べて！」

「田中《たなか》く〜ん。これぇ、5分で完売するっていうあそこの限定サンドイッチ〜。ついでにわたしも食べていいよぉ〜」

「皆さまどきましてよ！　お2人とも！　わたくし専属のシェフがフレンチのコースをご用意いたしましたので、ぜひっ!!」

高橋と田中の周りには女子たちが押し寄せていた。

皆、売店や食堂に行く様子もなければ机を合わせて食べ始める様子もない。

自分が持ってきた渾身《こんしん》の昼ご飯を高橋と田中にどうにかして受け取ってもらおうと必死にアピールしている。

「いや、遠慮するわ……！」

「ぼ、僕も……！」

高橋と田中は迫る女子たちに断りの言葉を放ちつつ、相変わらず挙動不審な様子だった。

「はいはい、皆～。落ち着いて！　ついでに五歩くらい下がって～。高橋くんと田中くんの昼食は男性護衛官があらかじめ用意してるからー」

「男性護衛官のブラックリストに載りたくなかったら、速やかに去るように」

高橋と田中を守るように前に立つのは男性護衛官。

今日も今日とて見慣れた光景だなぁ。

さて、俺の周りはどうなっているか見てみようか。

「……」

シーン。

俺の周りには誰もいない机と椅子があるだけ。

今日のお昼も俺だけ女子に言い寄られないのであった。

毎度のことながらも悔しい！

俺も美少女が持ってきてくれた手作り弁当やわざわざ買ってきてくれたサンドイッチ、たまには高級なフレンチとか食べてみたいよ！

「郁人お待たせ」

ギリッ、と歯を噛《か》み締《し》める俺のもとに授業が終わってすぐに先生に呼ばれていた留衣が戻ってきた。

と、留衣が周りを見渡し……最後に俺を見た。

「あー……今日も郁人のところには女子は誰も来ていないね」

「くっっっ」

「まあまあ。そんなに歯を噛み締めないで。わたしがいるからいいだろう？」

ふっ、と微笑む留衣。

またこのイケメンはイケメンな顔でかっこいいことを言いよる！

「まあそうだけどさ」

男性護衛官は常に男子の傍《そば》にいる。ということは、お昼も自然と一緒に食べる流れになる。

高橋と田中は毎回女子に言い寄られているため昼休みぐらいはそっとしておいている。

なので今日も留衣と2人っきりのお昼ご飯になる。

「じゃあ待ちに待った留衣とのお昼ご飯ということで〜」

俺は机の横に掛けている2つの保冷バッグのうち、赤色のデザインの方を留衣に渡す。

「はい、留衣の分の弁当だぞ」

「ありがとう。ふふ、今日も楽しみにしていたよ」

保冷バッグを受け取った留衣は嬉《うれ》しそうに笑う。

他の男子は担当の男性護衛官にあらかじめ食べたいものを注文して用意してもらっているか、女子たちから昼飯を貰《もら》うかのどちらかが多い。

俺はというと弁当持参の方が馴染《なじ》みがあるし、我が家ではお弁当当番があるので入学してからずっとお弁当だ。

それと、留衣の分のお弁当を作るきっかけになったのは、留衣が持ってくる昼飯が菓子パンやスーパーの弁当ばかりだったので、もっと健康にいいものを食べて欲しいという俺のおせっかいから。

「今日のお弁当当番は俺だ。かなり自信があるぞ！」

朝5時起きの力作である。

中身は、『にちゃかわ』っていうクマかうさぎか分からんが、笑顔が可愛《かわい》いマスコットキャラのキャラ弁にした。ちゃんとメインの3体が並んで笑っているやつな。

5時起きは留衣に言うと申し訳なさそうにされるから内緒だ。

「それは楽しみだね。それにしても、週に3日もわたしの分のお弁当まで作ってもらって悪いね」

「今更だろ。そろそろ受け取って当然ってぐらいにどっしり構えていて欲しいぞ」

「こうかな？」

留衣はすらっと長い足を組み、頬に手を添え、顔を少し傾け余裕のあるキリッとした表情になる。

足の組み方、顔の傾け方、そして表情。どれをとってもイケメンじゃん、この野郎！

「もう怒った！　こうなったら週7でちゃんと栄養のある昼飯を食べてもらう！」

「わたしにとってはご褒美じゃないかな？　週7ということは学校が休みの日も含まれているね。気持ちはありがたいけど、週に3日がちょうどいいよ。その日が来るのが待ち遠しいからね」

留衣が保冷バッグを大事そうに抱える。

「留衣がそう思っていてくれたのなら今回は許してやろう。まあ最初の頃みたいにお弁当を受け取ることを遠慮することはもうないだろうし」

「あの頃は郁人が毎度、片膝をついて受け取ってくださいって大きな声で言うから、わたしが週3日ならと折れるしかなかったんだよね。全く……ああいうことは誰にでもやったらいけないいんだよ？」

「留衣以外にやるつもりはないけど？」

普段、男性護衛官をしてくれるお礼でもあるしな。どうしても弁当を受け取って欲しかった。

「……全く、そういうところも」

留衣がプイッとそっぽを向いた。

耳がちょっと赤いなと思ったら、留衣はすぐに俺の方を向き直した。

「ちなみに、今でもわたしがお弁当を受け取ることを遠慮し続けていたら、あれからどう進化していたの？」

「そりゃもう最終手段で……俺が住み込みで朝昼晩料理を作るって言い出していたな」

「最終手段どころか同居しちゃっているね、わたしたち」

実際やろうと思えばできないこともない。

留衣のマンションは俺の家から徒歩10分で行けるし、朝は一緒に登校するのだ。

「効率的だし……真面目に考えてみる？　俺とのシェアハウス？」

「こらこら。迂闊《うかつ》にそういう発言はしないの」

「あいてっ」

ぺしっ、と。留衣が手のひらで俺の頭を軽く叩《たた》く。

それを見ていたのか、クラスの女子たちから喜びの悲鳴が聞こえた。

女子たちのＢＬやカップリング需要を満たすことしかしてないから俺ってモテないのか？

「それで今日はどこで食べるの？」

「そうだなぁ。天気がいいし、屋上とかどうだ？」

「いいね」

そうと決まれば俺たちは席を立つ。

ふと、周りを見渡した。

今日も女子たちが落ち込んだ様子で各々の場所へ戻っていく。

男子と一緒に食べられなくとも、友達同士でわいわい楽しく食べるのだろう。

「郁人？」

留衣がこちらを振り向いた。

俺は今ふと思ったことを言うことにした。

「なあ、留衣。たまには友達やファンの子たちと食べてもいいんだぞ？　毎日俺と食べるのも飽きるだろ」

留衣は俺と比べて、女友達もファンもたくさんいる。皆だって、留衣と食べたいだろう。

「……また郁人はそんなことを言う」

お言葉に甘えてと言われると思いきや、留衣は眉を寄せた。

「わたしに気を遣ってくれることはありがたいけど、わたしは君の男性護衛官なんだ。君を守るために離れるわけにはいかない。……それとも、郁人はわたしがいない間に他の女子に襲われてもいいって考えで――」

「あーあー！　そうじゃなくてっ！」

最初の頃のように怒られそうな雰囲気だったので、留衣の言葉を強引に遮る。

「俺も一緒に食べればいいことだろ？　留衣たちの邪魔にならないようにしつつ、なるべく近くで食べるからさ。視界の中にいれば、留衣だって安心だろ？」

「それはそうだけど……」

留衣が顎に手を当てて悩んでいる。

それにこれなら……自然と女子たちと一緒にご飯を食べるというチャンスが巡ってくるかもしれないからな！

なんて、半分本音は口に出しては言わないけど。

「なぁ、ダメか？」

「……。ダメ」

「そんな!?」

まさかの却下。イケると思ったのに！

それに、留衣にとってもいい案だと思ったのだが……。

「ダメな理由とかあるのか？」

留衣の目をじっと見つめれば、留衣は少し口をもごもごさせていたが。

「……わたしが郁人と2人っきりで食べたいから」

「え？」

イケメンな台詞《せりふ》が聞こえた。

いつもの留衣ならそれから爽やかな笑みを浮かべるはずだが……。

「……今は顔を見ないで」

留衣の頬は少し赤くなっていた。

「……ほら、屋上に行くよ」

思わず留衣を凝視していると、しおらしい口調で顔を逸《そ》らされた。

スタスタと早歩きで留衣が先を行く。

俺はようやく思考を動かす。

……今、留衣の顔が少し赤かったよな？

照れたのか？

あのイケメンな留衣が？

俺と2人っきりでお昼を食べたいって言って照れた？

「る、留衣〜〜！　留衣はほんといいやつだなぁ〜〜!!」

それって、男性護衛官としてじゃなくて留衣自身が俺と一緒に弁当を食べたいって思ってくれているってことだよな！

初対面では険悪になりかけたけど、あれから俺のことをそう思ってくれるほどになったんだな！

「おいおい、留衣〜。待ってくれよ〜」

照れている留衣の後ろを俺は満面の笑みで歩く。その間にも髪の間から見える耳は真っ赤になっていた。

あとで留衣が好きなコーヒー牛乳奢《おご》ってあげよ！

◆◆

5限目の授業。

柔らかい日差しが教室の窓から差し込む頃。

「すぅ……すー……」

郁人の口からは小さく寝息が漏れ出す。

一方的に話す日本史の先生の声でその寝息はかき消されて聞こえていないだろう。

――隣の席のわたし以外には。

「全く……郁人は相変わらず危機感がないなぁ」

頬杖《ほおづえ》をついてぼんやりと郁人の姿を眺める。

お弁当を食べてお腹《なか》いっぱいになったから眠くなったのだろう。

眠たくなるのは分からなくもないけど……女子の割合がほとんどの教室で無防備に眠ることができるなんて郁人ぐらいだ。

他の男子は隙なんて見せたら喰《く》われるとばかりに、ずっと気を張った状態なのに。

もしくは、保健室で一休みしているか。

「でもこうして郁人の寝顔を見られるのなら、このままでもいいのかな」

「……すぅ」

こくこく、と船を漕《こ》ぎなら小さく開いた口から寝息が漏れている。

可愛らしい寝顔から目が離せず、先ほどからノートを取るために手に持っているわたしのシャーペンは動いていない。

「ふふっ」

思わず、笑みが漏れ出す。


ちらっ……ちらちら。


と、まあこのまま郁人を眺めているのもいいけど……。

先ほどから妙に視線を感じていた斜め前の席にわたしは視線を移す。

「(にこっ)」

「……っ!」

その子と視線が合った瞬間に微笑《ほほえ》めば、彼女は顔を真っ赤にして慌てて前を向いた。

彼女も郁人が眠っていることに気づいてこっそり見ようとしていたみたいだけど……。

今だけは、独占させて欲しいかな。

男性護衛官としてではなく、女の子の遠坂留衣として彼を眺めていたいから。

「……昔は男子になんて微塵《みじん》も興味がなかったんだけどね」

わたしは、自分のことが嫌いだった。男のせいで嫌いになった。

大抵の男性よりも高い身長。豊満な胸。体つきも少し良い。

――男性が怯える、もしくは嫌いな要素しか入っていない容姿だ。

遡れば、小学生の頃から。

わたしはクラスの中で1番身長が高かった。

それこそ、男子よりも高かった。

女性の多くは、数少ない男性を我先に手に入れようと、肉食的な行動をする人が多い。

男性からすれば女性は皆、肉食系という印象。女性に対して苦手意識がある人がほとんど。

ただでさえ女性が苦手なのに、高身長で少しだけ体つきの良いわたしは男子からより怖がられることになった。

だからわたしは、男子から一方的に嫌われた。

「うわっ。身体《からだ》でかっ。怖っ……」

「アイツに近づいたらすぐに襲われるらしい……」

「あの遠坂っていうデカ女さぁ、ヤバいらしいぜ」

視線を合わせるだけで話したこともない、関わったこともない男子から怯えられ、外見だけで判断される。

そんなことをされるものだから、わたしはすぐに男子に苦手意識ができた。

それだけならまだ良かったものの……男子から嫌われているわたしと仲良くなろうとする女子なんていなかった。皆、数少ない男子に好かれようと、いや、むしろ嫌われないためにもわたしを避けた。

小学校時代のわたしは、孤独だった。

中学に上がり、わたしはこのままではいけないと思った。

まず、豊満に育ってしまった胸をサラシで強引に押さえつけることにした。

それから、どこかの雑誌で読んだ女子ウケがいいらしい『イケメン女子』というものに寄せるために、伸びていた髪をバッサリ切った。

話し方だって、余裕のある大人のような口調に変えた。

伸び続けてしまう身長はどうにもならないが、せめて女子とはコミュニケーションを取れるように、できることは全てやった。

そのおかげもあってか、中学時代は『イケメン女子』のポジションになり、友達もできて少しはマシな学校生活を送れた。

だが、わたしは心の奥底で自分のことがもっと嫌いになった。

わたしという人間は、自分を偽っていないと他人に接してもらえない。

本当の姿のわたしは嫌われている。

偽ることでしか仲良くなれない自分が嫌になる。

自分自身がもう、嫌いになる。

わたしってなんだろうって、よく自分を見失う。


高校受験を控えた頃。わたしは特に志望校もなく、そこそこいい高校に行ければ良いかなと考えていた時。

「遠坂さん。この高校受けてみたらどう？　遠坂さんの成績と運動神経なら男性護衛官枠だって狙えると思うの！」

担任の教師から勧められたのだった。

男性護衛官。

男性が安心して学校生活を送れるようにするボディーガード的な存在。受験としては推薦枠のような扱いになる。

それでも毎年倍率が１００倍を軽く超えると聞く。それだけ女子たちがなりたい存在なのだろう。

中学の頃から男性護衛官という存在がいるとは知っていたが、わたしは興味がなかった。

わたしの全てを否定する男子の護衛などする気は起きなかったし、向こうもわたしが護衛として隣にいたら怯えて解任を要求するに決まっている。

だが、男性護衛官というものについて詳しく聞けば、学費の免除や一人暮らしの家賃及び光熱費全額支給など、手当がかなり充実していた。

何より気になったのは男性護衛官は基本、男性用の制服を着用し、男性寄りの身なりにすることが条件というところ。

女子生徒の中で最も男子と距離が近くなるため、なるべく男子を怖がらせないためにも外見にも気を配る必要があるとか。

わたしが今しているイケメン女子の格好に近い。

どうせ高校でも男性寄りの格好をするのだ。偽るのだ。

それならいっそ、メリットの多い男性護衛官になれば良いのではないか？

男子を守るのではなく、あくまでわたしにメリットが多いから男性護衛官になる。

そんな気持ちで受験して、合格した。

入学式前日。

男性護衛官枠で合格した女子生徒が学校に呼び出された。

理由は、護衛を担当する男子との顔合わせ。

入学式から早速、男性護衛官としての業務は始まるのだ。

「顔合わせ……。わたしはきっと怯えられるよね。たとえ嫌われても、基本護衛任務以外のことはしないし、男子とは深く関わるつもりもないし……」

指定された教室のドアを開けるまでわたしの気は重かったが……。


――ドアを開けた先で、運命的な出会いが待っていた。


「市瀬郁人さん。こちらが貴方《あなた》の男性護衛官になります、遠坂留衣さんです」

隣に座っている先生がわたしのことを紹介する。

「遠坂留衣です。男性護衛官として精一杯頑張ります」

わたしは正面に座っている男子に向かって淡々と言い、お辞儀した。

それからその男子は、男性護衛官の仕組みと諸々《もろもろ》の手続きについて先生から説明を受けていた。

「……」

わたしは少し空気のような存在になる。

横目で男子の容姿を見た。

しっかりと手入れされている黒髪に、シュッとした目鼻立ち。華奢《きゃしゃ》な身体が多い男子の中で彼は程よく筋肉がついている。

外見にはかなり気を配っているように見える。

珍しいタイプだ。

男子は存在自体が重宝されると自分たちでも分かっているので、外見など気にしない人が多いのに。

「先生の教え方は分かりやすいですね！」

「いえいえっ。ふへへ……」

何より気になったのが、女性に対して怯えず、むしろ慣れているかのような余裕のある対応。

そんな対応をされている先生は先ほどからだらしない笑みを浮かべていた。

どれをとっても、今まで見てきた男子とは違うタイプだ。

だからといって、興味はあまり湧かなかった。

だって結局、根は男なのだから。

『女なのにあの身長と体つきって、なぁ……』

『うわぁ、怖《こえ》ぇ……』

『ぼ、僕に、ち、近づくなよ!!』

『アイツ、なんか男装してるみたいだけど余計怖いよな〜』

思考を過去に戻せば、男子たちの嫌そうな表情と嫌味《いやみ》な言葉が浮かぶ。

男性が女性のことを皆、肉食系で危ない存在と思うのなら。

わたしにとって男とは、わたしの全てを否定する存在だ。

顔合わせの時間も終盤になった。

わたしは特に話すこともなく、笑うこともなく、ただ座っているだけ。

〜〜〜♪♪

突然、スマホの着信音が鳴った。

自分のスマホを確認しようとしたが、それよりも先に先生が立ち上がった。

「くっ、いいところで……。私は電話対応で少し席を外します。遠坂さん、分かっていると思いますが2人きりになったからといって……」

「分かってますよ、先生」

「なら良いのだけれど……」

先生は名残惜しそうに教室を出た。

男子と2人きりになったからといって、特に何もない。

ただ、静寂な時間が訪れるだけだ。

視線をさり気なく窓の外に移す。そうすれば男子も怯えないだろうし、わたしも余計な気遣いをする必要はない。

先生が戻ってくるまでそうしているつもりだったが……。

じ────。

「……」

正面からすごく視線を感じる……。

チラッと見れば、男子がまだわたしのことを凝視していた。

「……」

「……」

「……」

「あの、わたしの顔に何かついてますか……？」

あまりにも見られるため、わたしは口を開いた。

「あっ、ジロジロ見てごめんなっ。めちゃくちゃイケメンだなぁと思って」

男子はヘラッとした笑みを浮かべながら言った。

男性護衛官になるということでわたしの髪はショートで男性用の制服を着用している。

女子にはイケメンと言われることは多々あったが、男子に言われたのは初めてだ。

「マジでイケメンだよなぁ。……はぁ、こんなマジもんのイケメンがこの世界にいるとは……。俺なんかモテないはずだよなぁ……」

後半は独り言のようにぶつぶつ言っていたので聞き取れなかった。

「遠坂くん、めちゃくちゃモテるでしょ？　友達やファンだって多かったに違いないなっ」

笑みを浮かべ、今度はそう言ってきた。

わたしと会話を続けようとして出た話題の1つみたいなものだろう。

だから彼は悪くない。

わたしの緊張をほぐそうと微笑《ほほえ》みも浮かべた。親しみやすさも出しているのだろう。

だから彼は悪くない。

でもそれらを向けられているのはわたし。

わたしにとってそれらは……逆効果だった。


……わたしがモテる？

……友達やファンだって多かった？

その言葉が、文字が、くっきりと頭の中に浮かんできた時……続けて過去と感情も脳内で溢《あふ》れ出す。

わたしは自分をこうして偽ってやっと1人、2人と接することができるのに……。

そもそもわたしが自分を偽らないといけないのは、男子がわたしを外見だけで差別するからッ。

「わたしは、モテたどころか友人もあまりいないですけど」

吐き捨てるような強い口調が出た。

彼は何も悪くないのに。

過去とは何も関係ないのに。

「あっ……」

気づいた時にはもう遅い。

正面にいる彼は目を丸くしていた。

『お前、女のクセに――』

きっと、あの男子たちと同じようにわたしのことを冷たい瞳で罵って――

「ご、ごめん！」

「え……」

身体《からだ》が強張るわたしの耳に入ってきたのは謝罪の言葉だった。

「俺が全面的に悪い！　事情も知らずにズカズカ言ってごめんなっ！　早く仲を深めようと焦ったわ……！」

驚いて話すことすら忘れるわたしに、男子は再び謝罪の言葉を述べた。

「ほんとごめん!!」

「いや、あの……。そんなに謝らなくて大丈夫なので……」

わたしはやっと声を発した。

それから気まずい雰囲気に。

でもそれは数秒だけで。

先に口を開いたのは男子。市瀬くんの方。

「えと、同い年なんだし俺のことは気軽に郁人って呼んでくれると……う、嬉《うれ》しい！」

「いや、でも……」

男子のことを呼び捨てにするなんて……。

「ダメかな？」

上目遣い気味の瞳を向けられ、妙に胸がざわついて断ることができない。

「わ、分かりました……」

「ありがとう！　あと、敬語もなしでいいかな？」

「えっ……。わ、分かったよ郁人」

「おう。よろしくな、留衣！」

ニカッと歯を見せて郁人は笑った。

わたしは初めて男子の笑顔を……。いや。わたしの前なんかで笑みを浮かべる男子は初めて見た。

と、同時に疑問が浮かぶ。

「郁人はわたしが怖くないの……？」

気づけば聞いてしまっていた。

「怖いってなんだよ？　まだ話したばっかりだろ？」

「そういうことじゃなくて……。わたしの容姿。身長は高いし、体つきも少しいいし……」

高校生になってわたしの身長は174センチになった。豊満な胸はサラシでギリギリ盛り上がらないようにしている。

郁人も心の中ではわたしのことなんて、でか女だと――

「身長は俺よりも高そうとは思ったし、胸板も厚いと思ったけど……それの何がいけないんだ？　別に外見だけで留衣の全てが決まるわけじゃないだろ？」

「……」

わたしは呼吸をも忘れて、彼を見る。

……なんで。

なんで君は今までの男子とは違うの。

わたしは男なんかに、そんなことを言われたことなんてない。

わたしはそんなことを言ってくれる男子なんて知らない。

男子の全員が全員、同じとは限らない……？

そう思った瞬間、頭の中の嫌な過去と感情がぴたりと止まった。

ああ……わたしも結局、決めつけて差別していたのか。

男子は皆、見た目だけで決めつけて怯《おび》えたり、横暴な性格だと……嫌いな男子たちと同じような見方をしていたのか。

でも郁人は他の男子とは違う。

彼だけは、特別なんだ。

わたしが今日初めて郁人の目を真《ま》っ直《す》ぐ見た時、彼はまた言葉を重ねて。

「人は見た目が9割とか言われたりするけどさ。でも結局1番大事なのって、中身とか相性だろ？　まだちょっと話しただけだけど、俺は留衣とこれからも仲良くしていきたいって思ってるよ」

そう言って、屈託のない笑顔を向けてくれる郁人にわたしは正直、涙が漏れそうだった。が、ここで泣くと郁人は何も悪くないのにぺこぺこ謝る姿が想像できる。

ぐっ、と拳に力を入れることで涙を堪《こら》える。

「だからこれから隣でよろしくな、留衣！」

「うん。よろしく、郁人」

差し出された手を握り返して握手を交わす。

郁人の手はわたしよりも大きくてごつごつしていて……なんだか温かい気持ちにもなった。

「おっ、留衣の笑った顔いいな」

「え？」

その日は、わたしが初めて男子の前で純粋に笑った日でもあった。

入学してから数日経《た》った頃。

郁人がわたしのことを男だと勘違いしていることに薄々気づき始めた。

わたしの前だとやたらと無防備だし、気になる女子はいないのかと聞いてくるし、イケメンだと嫉妬してくることもある。

確かに先生からは、わたしの性別は明かされていない。

それは1番身近にいる存在が女子ではなく、あくまで男性護衛官ということを強く認識させるため。

でも郁人なら。

わたしが実は高身長で巨乳な女の子であるとしても。

わたしの本当の姿に気づいても変わらず接してくれる。

その日が待ち遠しいな。

…………。

………………。

「って、思っていたんだけどねえ……」

まさか、これほど気づいてもらえないとは。

郁人は今でもわたしのことを男だと思っている。

打ち明けていないのだから気づかないのも無理はないし、郁人は言わなきゃ分からないタイプだ。

「思えば、君には随分と振り回されたねぇ」

わたしは回想を終えて、まだ眠っている郁人に視線を集中させる。

入学早々、女子にモテたいとか言い出すし、自分から積極的に女子に話しかけにいって、女子を勘違いさせるし。

危機感がないのか、連絡も入れずに1人で外出しようとするし。

極めつきは、無自覚に誰にでも笑みを浮かべて優しくするから一部女子の間ではビッチ説が流れるし……。

男性護衛官という制度がなかったら、郁人は肉食系の女子にもう喰《く》われていそうだ。

学校内の男性護衛官の中で、担当の男子に1番振り回されているのはわたし。

隣にいることを男性護衛官という業務ではなく、純粋に1番楽しんでいるのもわたし。

「君といると退屈しないよ、ほんと……」

「むにゃ……」

いい夢を見ているのか、郁人が頬を緩める。

そんな郁人を見ているわたしの頬も緩んでいるのだろう。

隣でずっと見てきた市瀬郁人という男子。

何故《なぜ》か女子に対して恐怖心や危機感がなく、気さくでお馬鹿な性格。

コロコロと変わる豊かな表情は見ていて飽きない。たまに下ネタをぶっ込んでくるのも今では慣れたものだ。

一緒にいれば笑い合い、騒がしくありつつもなんだか落ち着く。

それに最近は家に帰っても頻繁に彼のことを思い出すし、顔を合わせる時にたまに胸がキュッとなる。

男性護衛官だから傍《そば》にいなければいけないだけなのに、傍にいたいと強く思う。

男性護衛官だから目を離してはいけないだけなのに、目を離せないと強く思う。

この不思議な感覚は、郁人にしか抱かない。

キーンコーンカーンコーン。

授業の終わりを知らせるチャイムが鳴る。

「んぁ……？」

同時に郁人の目も覚めたようだ。

まだ眠そうな目で周囲をキョロキョロしている。

「ふふ。おはよう郁人。よく眠っていたみたいだね」

「おはよう……。ふぁぁ〜。いつの間にか寝てたわ……」

郁人は大きな欠伸《あくび》をしながら、猫背になっていた背筋を伸ばし、ぐっと天井に向けて腕を伸ばす。

「……ノートとか何も書いてないわ。留衣、よかったら見せてくれないか？」

「あ、あー……」

わたしはチラッと自分のノートを見る。

郁人を眺めるのに夢中でノートはほぼ白紙に近い。

「留衣？」

「えっと……わたしも少し寝てしまってね。ちゃんとノートを取れてないんだ」

「そうなのか。やっぱり弁当食べた後は眠くなるよなぁ。分かるぜ〜」

郁人はわたしを責めることなく、代わりにふにゃっとした笑みを見せてくれた。

わたしが今まで見てきた男子ではありえないことだ。

「よし、じゃあ眠気覚ましに飲み物でも買おうかなー。コーヒー牛乳奢《おご》るからさ、留衣もついてきてくれないか？」

男子が動けば男性護衛官は付き添うのが当たり前。

でも郁人としては友達を誘う感覚なのだろう。

「郁人が飲み物を奢ってくれるならついていかないとね」

「おう、ついて来いついて来い」

それから自販機で飲み物を買う郁人を後ろから眺めていれば、彼はこちらを振り返り。

「留衣ー。はい、コーヒー牛乳」

「ありがとう郁人」

コーヒー牛乳を受け取り、早速ストローをさして飲む。

「うん。美味《おい》しいね」

郁人と一緒に飲んでいるからより美味しい。

「なんか美味《うま》そうだな。俺も一口飲んでいい？」

「いいよ」

「やったっ。じゃあ俺のミッツサイダーと交換だな」

交換。

わたしの手元には郁人が先に口を付けたペットボトルがある。

間接キス……か。

決して口には出さないし、こんなにもドキッとするのはわたしだけ。

落ち着いた頃に口をつけて飲めば、しゅわりとした炭酸が喉を通り、次に甘さが口に広がる。

「ん、美味しいね」

「だろー？」

再び飲み物を交換。また、間接キスになる。また意識してしまう。

「ぷはぁ！　サイダーもやっぱり美味いっ。頭が冴《さ》える〜」

郁人はやっぱり気にしてない。

だって未《いま》だにわたしのことを男だと思っているから。


――ねぇ、郁人。


わたし、実は女の子だよ。

君が求めてやまない女の子。

でも他の女の子とわたしは違う。男なら誰でもいいわけじゃない。

わたしは君のためならなんだってできる女の子。

男は君にしか興味がない女の子。

それが今のわたし。


わたしの本当の姿を明かすためには、もう少し勇気が欲しいから……。

「郁人といると楽しいね」

「おう、ありがとうよ。でもなんで今なんだよ？」

「もう少し良さげなシチュエーションが良かった？」

「まあ別に、いつ言われても嬉《うれ》しいことには変わりないけどなっ」

無邪気に笑ってくれる君の特等席《となり》……もう少し独占させてね？

第三章『わたし、実は女の子』

「なんで俺はモテないんだと思う？」

「その前になんで市瀬《いちせ》くんはモテたいの？」

「やっぱりコイツ、ビッチじゃねーか？」

　質問したのに質問で返された！

　午後の授業が終わり、放課後。

　いつもなら田中《たなか》と高橋《たかはし》の周りに女子たちが殺到しているところを1人寂しく見守っている時間だが、今日は1年生の男性護衛官限定で集会があるということで1年生男子全員で別室で待機していた。

「いや、質問に質問と罵倒で返してんじゃねーよ！」

　疑わしい目をした田中と高橋にそう返す。

　女子に迫られている時とは違って、田中と高橋は怯えてもいなければ、挙動不審な様子もない。

　素《す》の2人は至って普通の男子高校生だ。

ただ、恋愛観は異なる。

「だって、女子にモテたいなんて言っているのは市瀬くんぐらいだと思うから……」

「そうだな。やっぱりお前、変わり者だな」

田中と高橋とは仲は良いが、俺のモテたいという恋愛観に関しては2人とも理解できないという感じだ。

「逆にお前らはなんでそんなに女子に怯えているんだ？」

そういえば、聞いたことがなかった。

俺がじっと見つめれば、田中と高橋は段々と苦い顔になり……。

「僕は話しかけてもらえるのはいいんだけど……やけに胸とか下半身を見られるからちょっと怖いなぁって」

引き攣《つ》った笑みになる田中。

田中はおかっぱで可愛《かわい》い系の見た目をしている。女子たちはこういうタイプも好きなのだろう。

「俺も話しかけてくるのはいいが……ガツガツしすぎて怖い。あの目が……怖い」

鳥肌でも立ったのか、腕をさする高橋。

高橋はぶっきらぼうなタイプだから女子たちに余計言い寄られるのだろう。

2人とも、女子と会話を交わすまでにはまだまだ時間がかかりそうだ。

「その点、市瀬くんは凄《すご》いよね。女子皆に優しいし」

「怖がっている様子も一度も見たことがねぇな」

「別に女子に襲われたり、暴言を吐かれたりしたことはないしな。怖くないというよりは、女子と男子は対等であるべきだと思うし、話すぐらいは普通のことだと思っているんだが……」

これが元の世界の感覚。

だが、ここは男女比が偏った貞操逆転世界。

「おお、立派な考えだね～」

「その根っからのポジティブ思考が羨ましいぜ。俺たちがそこまでになれるにはあと10年くらい掛かりそうだなぁ」

田中と高橋が感心したような目で俺を見てくるが、俺としては普通のことを言っているだけだ。

「でも俺だってモテたいから女の子なら誰でも良いってわけじゃないぞ！」

「そうなの？」

「ほーん。例えば？」

一瞬で疑い深い目に変わったんだが⁉

こほんっと咳払《せきばら》いをして俺は話し出す。

「男の方が数がずっと少ないだろ？　だから男だったら誰でも良いっていう女性は多いと思うんだよ」

「確かにそうかも」

「男と付き合えるだけで奇跡って言われているぐらいだしな」

田中と高橋もウンウンと頷《うなず》く。

「だから俺は……俺だけを、俺だから好きでいてくれる一途《いちず》な女性と付き合いたいんだ！」

自分で言っておいてなんと都合のいいことと思ってしまうが……いつかそういう女性と出会うためにも身だしなみに筋トレに……最低限の自分磨きは続けないとな！

「じゃあお前、遠坂《とおさか》さんのことはどう思ってるんだよ」

「え？　留衣《るい》？」

高橋の質問に俺は首を大きく傾《かし》げる。

なんでモテたいって話題から留衣の話に？　まあ聞かれたし、話すけど。

「留衣はイケメンで話しやすいし、イケメンでめちゃくちゃ女子にモテてるし、イケメンで男性護衛官としてめちゃくちゃ有能だし……」

「つまり？」

「つまりは？」

田中と高橋が身を乗り出して、俺の次の言葉にやけに注目しているので……ハッキリと言ってやる。

「俺も留衣みたいにイケメンに生まれて女の子にモテモテになりたかった！」

「いや、そうじゃなくてなぁ……」

「遠坂さんとはどういう関係なの？」

何故《なぜ》か呆《あき》れる高橋ともう一度質問してきた田中。

「関係？　男性護衛官であり、1番仲のいい男友達だけど」

そんな当たり前のことを言うと、2人は険しい顔を互いに見合わせた。

「市瀬くんはそういう感じで遠坂さんを見ているんだ。でも遠坂さんは実は性別が……」

「おい、田中っ。それ以上は……」

「なんだよっ。俺に何か隠しているのか？　男同士なのに水臭いじゃねーか！」

ずい、っと顔を近づけると2人とも目を逸《そ》らした。

「絶対何か隠しているな！　しかも俺が何か勘違いしていることと見た！」

「……なんでそこには鋭いかなぁ」

「全くだ。やっぱりコイツ生粋の馬鹿だな……」

図星なのか田中と高橋はぶつぶつと何か言ってから口をつぐんだ。

俺とは目を合わせないようにしている。

ほーん、黙秘ですかぁ。これはこちょこちょをして自白させなければなぁ……。

「チッ、うるせーよッ」

俺が手をわきわきさせた時、横から不満そうな野太い声が掛けられた。

見れば、顰《しか》めた顔をこちらに向けている男子生徒がいた。

制服は着崩しており、耳にはピアスをつけている。華奢《きやしや》な体型が多い男子だが彼は結構がっしりした体型だ。

「げっ、藤野《ふじの》じゃねーかっ」

「ふ、藤野くんを怒らせちゃった……？」

高橋と田中が驚いたように声を上げたと思えば、身体《からだ》を縮こまらせて怯えた様子になっていた。

下手《へた》したら女子に言い寄られている時よりも怯えている。

俺は藤野って名字でピンとくることもなければ、顔を見ても初めて見るやつだなという印象だ。

他クラスだと思うが、廊下ですれ違ったこともないし……。

もしかしたら保健室や屋上にいる系か？

男子は登校してくれさえすれば、たとえ授業中でも保健室や屋上に行っていいみたいな優遇されたところがあるし。

高橋と田中を見るも、依然怖がっている様子だった。

確かに見た目はヤンキーっぽいがそんなに怖がることはないと思う。

話してみれば意外といいやつな可能性もあるし。何事も会話を交わしてみてからだ。

「悪い。俺がうるさかったよな」

柔らかな笑みを浮かべながら簡単にだが詫《わ》びる。

藤野はそんな俺をひと睨《にら》みした後、ゆっくりと口を開いた。

「お前……市瀬郁人《いくと》だろ？　知っているぜ」

瞬間、男子しかいない教室の空気が張り詰めた。

チラッと視線だけ動かして周囲を見れば、男子全員がこちらを不安そうに見ている。

まるで、ヤバいやつに目をつけられてしまった、といった感じだ。

「藤野だっけ？　俺のこと知ってくれているんだ。なんか照れるなぁ～」

周りが静かなので俺の明るい声が教室に響き渡る。

もちろん、次の藤野の声も。

「ああ、知っているに決まってるだろ。お前はこの学校の男の中でも『変わり者』って噂《うわさ》が流れているからなぁ。男なのに女に媚《こ》び売ってる変わり者《ビッチ》ってなぁ」

言葉の最後には馬鹿にしたように鼻を鳴らす藤野。

「なんかその変わり者って言い方は嫌だなぁ。女子に優しい健全な男子とかにしてくれよ」

「健全？　尻軽の間違いだろ」

藤野は依然、喧嘩腰《けんかごし》のような威圧感のある口調である。

すると、今までの大股を開いた座り方から藤野は立ち上がり、俺の目の前まで来た。

俺もなんとなく立ち上がり、藤野と向き合う形になる。

「お、おい市瀬っ」

「市瀬くん……」

高橋と田中の心配そうな声が耳に入ってきたが、問題ない。

俺は意外と冷静な男なのだ。

なので、穏やかな口調で俺は言う。

「最初っから俺とは相性が悪いみたいな態度だな。そんなに女子と仲良くしようとする男はおかしいかな？」

「ハッ、おかしいなんてもんじゃねーよ。女なんてあっちから媚びながら勝手に群がってくるのが当たり前だろうが。それに、俺はお前が哀れだと思ってなぁ」

「哀れ？」

俺が首を傾げたのを見て、藤野は眉を顰《ひそ》め。

「お前が誰にでも媚びた結果……女どもは調子に乗るし、あの〝でか女〟も調子に乗った。アイツ、女のクセに女子からきゃあきゃあ言われて、俺より目立ちやがって……気にくわねぇ……」

……でか女？　誰のことだ？

それは分からないが、少なくとも藤野の女子の見方は分かった。

自分は数少ない男だから上の立場。

ワガママで横暴な性格なもう1パターンの方の男子だとみた。

そりゃ俺とは相性悪いな。

俺は女子の前で暴力的なことなんて絶対やらないと決めているからな。

「俺のことを哀れと思うなら、俺はそんなお前のことを哀れだと思うぜ、藤野。男は確かに人数が少ないが、だからといって男が偉いわけじゃないだろ？　もっと女子と楽しく話そうぜ」

「あ？」

微笑《ほほえ》みを向けて口答えした俺が気に食わないのか、藤野は鋭い目で睨んだと同時に俺の襟元を乱暴に摑《つか》んだ。

周りの男子から悲鳴のようなものが上がるが、俺はある程度予想していたので冷静に。

「おっと。乱暴な男は俺の趣味じゃないんだ。いらぬ噂が立つ前に離してくれないか？」

「ッ、お前……」

俺の澄ました顔が気に食わないのか、藤野の俺を摑む手に力が入り……。

「ちょっと貴方《あなた》たち！　な、何をしているの！」

電話のために、教室を抜けていた監視役の先生がタイミング良く帰ってきた。少し頬が赤いのは何故だろうか？

「チッ」

藤野は俺を摑んでいた手を乱暴に放すと、ズカズカと大股で教室を出た。

「ちょ、ちょっと藤野くん！　どこに……！」

「ああ、先生。アイツでっかいうんこしてくるって言ってました」

もちろん嘘《うそ》だけど。

その後、場を和ませるように俺は馬鹿話をするのだった。


それからしばらくして。

「郁人、お待たせ」

教室の入り口付近をみれば留衣が手を振りながら入るところだった。その後ろには田中と高橋の男性護衛官もいる。

男性護衛官の集まりは終わったみたいだ。

「じゃあ俺は帰るわ。あっ、お前ら俺に何か隠してたことの続きは、今度聞かせてもらうからっ」

田中と高橋に手を振って俺は留衣と教室を出た。


「ねぇ、高橋くん。市瀬くんってやっぱり……」

「そうだな。アイツ、担当の男性護衛官の遠坂さんのことを未《いま》だに男だと思っているなぁ」

「市瀬くんらしいけどね」

「まあ市瀬らしいな」

鈍感で変わり者。でも一緒に過ごすのは不思議と楽しい友達《郁人》に今日も今日とて呆れつつも、温かく見守っていようと思う田中と高橋であった。

◆◆

校門をくぐり、留衣と並んで歩く。

「そういえば、もうすぐ林間学校があるよなー」

1年生の男性護衛官だけが招集されたということで、林間学校の件じゃないかと女子たちが噂していた。

それをふむふむ、と俺は盗み聞きしていた。

「あー……」

留衣が眉間にシワを寄せた。

「なんだよ。林間学校嫌か？」

「まあ、うん……。ちょっとめんどくさいことになりそうだなぁと思って」

留衣は重めのため息をつく。

林間学校といえば、元の世界では入学して数週間後にあることが多いイベントだが、貞操逆転世界では数ヶ月経《た》ってから行われる。

入学直後だと、男子がクラスの女子にすら慣れていない上に、林間学校の日だけ欠席届を出す男子があからさまに増えるからだとか。

林間学校は基本的に班で動くことになり、その班には当然女子がいるし、男子は男性護衛官以外と必然的に関わることになる。

そういう状況になるからか、男子にとっては試練だが、女子たちにとっては男子とお近づきになれるビッグイベントとも呼ばれているらしい。

そうなると、男性護衛官は男子の身に何かあるといけないと警戒を強める必要がある。

だから留衣としては先が思いやられる感じなのかな？

俺は今回も留衣には手を焼かせるなと思いながらも、めちゃくちゃ楽しみだけど。

「近々班決めもあるよなっ。聞くところによると自分たちで班を決められるとか」

「去年は自由なクラスもあったみたいだね。でも大変だったらしいよ。それはもう、男子争奪戦が凄《すご》かったとか……」

「おお！」

苦い顔になる留衣とは対照的に俺は歓喜。

俺ももしかして、女子の間で奪い合いになるかもしれない。だって一応、クラスで貴重な男ですから！

「ただ今年はどうなるか分からないね。まあ、たとえ自由に決められることになってもわたしがメンバーを選ぶから」

「えー、俺にも——」

「わたしが君の代わりに判断しないとねぇ？」

やけに強い口調の留衣。目まで怖い。

「それでいいよね？」

「え」

「いいよね？」

「——」

「いいよね？」

「は、はい……」

言葉を発する前にさらなる圧をかけられる。

俺は頷《うなず》くしかなった。

林間学校の話をすると留衣がなんか怖いので、別の話題に変えようとした時だった。

ぽつ、ぽつぽつ……。


「ん？」

頬に冷たいものが触れた気がした。触ってみると水だ。

「……雨か。あれ？　今日雨降るって予報だっけ？」

「そんなことはなかったと思うけど……」

「じゃあゲリラ豪雨ってやつか？」

なんて話している間にもぽつぽつと顔に水滴が当たる。

水滴が落ちてくる回数が増えて……ついには、ザァーと雨が本降りになってきた。

「降り出してきやがった！」

俺と留衣はバシャバシャと水たまりを蹴って、大雨の中を駆けていく。

横殴りの大雨なのでコンビニで傘を買って差していても意味がないだろう。

「どこかで雨宿りするかっ」

「それはダメ」

「だよなぁ」

周りを見れば、大勢の女性が蜘蛛《くも》の子を散らすように建物の下などへ逃げ込んでいた。

女性がいるところに、男の俺が行くのは危ないというのが留衣の意見だろう。

俺は別に問題ない……と言うとお説教が始まりそうなので黙っておく。

それに制服も結構濡《ぬ》れていて、今更雨宿りするよりかは——

「留衣！　もう少し早く走れるか？　あともうちょっとで俺の家に着くから！」

「うん、走れるよ——え？」

◆◆

「ただいまー」

「お、お邪魔します……」

おかえり、という母さんや玖乃《くの》の返事もなければ2人の靴もない。まだ帰ってきていないようだ。

「はぁ、結構濡れたなぁ……」

おでこや頬に張り付いた髪を払う。

雨は最終的に前が見えなくなるほど降り出したが、なんとか自宅に帰りついた。

制服や靴。鞄《かばん》、髪までずぶ濡れ。制服のブレザーは水を含んで重くなっている。

中のシャツが肌にべったりと張り付いて気持ち悪い……。

「明日も学校があるっていうのに……。留衣も大丈夫か～？」

かなり早いペースで走ってもらったが、さすが留衣。難なくついてきていた。

「……」

「留衣？」

同じくずぶ濡れになっている留衣だが……何かを考えるように一点を見つめていた。

その姿だけで絵になる。

雨に濡れてもイケメンだなぁ。キラキラ感が増している。水も滴るいい男のリアル版だよなぁ。

「って、呑気《のんき》にこんなこと考えている場合じゃないな！　とりあえず、タオル持ってくるから待っていてくれ！」

それから衣類の上から軽くバスタオルで拭いてから脱衣所へ。

「脱いだ服は乾燥機にかけるからそこに置いてくれ」

「う、うん。ありがとう……」

一通り説明し終えたので俺はブレザーを脱ぎ、シャツのボタンを外していく。

「い、郁人っ。な、なんで服を脱いでいるの……！」

何故《なぜ》か慌てているような留衣の声がした。

留衣を見れば、口をパクパクとさせ驚いている様子だった。

「そりゃ俺だって制服を乾かすし、いつまでも濡れた服を着たままじゃ風邪引くし。だから服を脱がせてくれよ」

「そ、それはそうだけど……」

留衣のあわあわとした視線が俺の顔より下の部分で止まった。

シャツのボタンを外して見えているそこには俺の腹筋がある。

「おっ、お目が高いなー。実は2年くらい前から筋トレ始めてさぁ。もうすぐ腹筋が割れそうなんよ。ほら、ここに薄《うっす》らと線が入っているだろ？」

シャツを左右に開き、見せびらかす。

「う、うん……筋トレを頑張っていることは分かったけどっ」

留衣の言葉は何故か歯切れが悪かったし、頬は少し赤い。

「なんだ、腹筋触りたいのか」

「一言も言ってないよね」

「えっ、俺の身体《からだ》そんなに魅力ない!?」

「いや、それは……あぅ……」

留衣は顔を更に赤く茹《ゆ》で上がらせた。

俺としてはツッコミ待ちだったが……今日は珍しい反応が見れるな。

それからズボンを脱ぎパンツ一丁になった頃には留衣は俺に背を向けていた。

うーん？　男同士なのになんだか恥ずかしがっている？

なお留衣はまだ一枚も脱いでない。

人がいる前で肌を見せるのに慣れていないのかもしれないな。留衣は一人暮らしだし。

そんな理由をつけて納得しつつ、朝脱いだ部屋着がカゴの中に残っていたのでそれに着替える。

「よし、見てもいいぞ。脱ぐから」

「なんで脱ぐのさ」

素早いツッコミとともに留衣がこちらを向く。

依然、落ち着きがないように視線は定まらない。

思えば、家に入った時からか？

だとしたら……。

「もしかして留衣、俺の家だからって緊張してるのか？」

「っ」

ビクッと。分かりやすく肩を震わせた留衣。

「はっはっ。なるほどなー。緊張してるのかー。何気に俺の家に上がるの初めてか。前から遊びに来るように誘ってたのにな」

留衣は一人暮らしだし、俺を自宅に送り届けるついでに一緒に夕食でも、と誘っていたのだが毎回断られていた。

多分、母さんや玖乃に気を遣っているのだろう。

「今は家には俺しかいないんだし、自分の家だと思ってくつろいでもらっていいからな」

「……君が家に1人なのが1番問題なんだけどなぁ」

「ん？　なんか言ったか？」

ボソッと言うもんだから聞こえなかった。

「な、なんでもないよっ」

留衣はやけに勢いよく首を振るのでこれ以上は突っ込まないでおこう。

「シャワーは留衣が先に浴びていいからな」

「シャワーはありがたく貸してもらうけど、わたしは後からでいいよ。郁人が先に入らないと」

「別に俺に気を遣わなくてもいいんだぞ」

「気を遣うさ。君は貴重な男子だからね。風邪でも引いたら皆、心配するよ」

留衣が強い瞳で俺を見てくる。

俺が風邪を引いてしまうことを相当心配してくれているようだ。

そう思ってくれるのはありがたいが……。

「けど、ここは俺の家だからなぁ。今から留衣の着替えを用意したり、色々しようと思うからさ。留衣が先に入ってくれた方が効率がいいんだよ」

「それはそうかもしれないけど……」

それでも引き下がらない留衣。

じゃあ最後のひと押しで。

「もし、留衣が風邪引いたら俺は学校でぼっちになるからさ。俺、そんなの嫌だよ？な？　だから早く身体を温めてこい」

「……。分かったよ」

そこまで言うと渋々ながらも留衣は小さく頷いた。

「お湯も張れるけどどうする？」

「シャワーだけでいいよ。郁人を待たせるわけにはいかない」

「俺のことは気にしなくてもいいが……まあ留衣がシャワーだけというなら。じゃあごゆっくり」

俺は脱衣所を後にした。

「さて……どうしようかなぁ……」

1人になった途端、留衣が重いため息をつき、思い詰めているとは知らずに。

◆◆

「留衣、入るぞ〜」

「ああ、いいよ」

ノックしてから脱衣所に入る。

浴室の方にはシャワーを浴びている留衣のシルエットが薄らと見える。

「どうだ？　いい湯か〜？」

「雨で冷えた身体に最高だね」

「それは良かった。着替え置いておくから」

「あ、ありがとう……」

分かりやすいように洗濯機の上に置いて……と。

用意していたカゴの中には雨で濡れた留衣の制服が入っていた。

俺の制服と一緒に乾燥機にかけてもいいかな？　別々の洗濯ネットに入れるし、制服のデザインは違うから見分けがつくだろう。

男同士とはいえ一緒に洗うのが嫌ってこともあるし、一応留衣にも聞かないとな。

「なぁ、留衣ー。制服は俺のと一緒に乾燥機にかけていいかー？」

「も、もちろん」

そんな返事も聞いたので別々の洗濯ネットに入れて、乾燥機にかける。

「下着はいいのか？」

「あ、うん。大丈夫……」

下着が見当たらなかったので再び留衣に声を掛ける。

「了解。着替え用に持ってきた下着は一応俺のだけど、まだおろしてないやつだから安心して使ってくれ。もし良ければそのままあげるし」

「う、うん……。ありがとう……」

留衣の声がか細くなっていく。

シャワー中に話しかけすぎたかもしれないな。

「じゃ、後はゆっくりな」

「あっ、郁人……。もうすぐ上がるから」

「もういいのか？」

「うん。もう十分温まったよ。それに早く郁人にも温まって欲しいし……」

そう言ってくれるのはありがたい。

俺も着替えたとはいえ、身体はまだ寒いまま——へっ。

「へ、へくしゅん!!」

「っ！　郁人風邪引いたのっ」

「いやいやっ！　ただのくしゃみだ。大丈夫大丈夫！」

留衣が本気で心配してくれるから慌てて返す。

もうすぐシャワー浴びれるし、これくらいなんとも……。

その時だった。

ドォ————ン!!

「きゃっ……」

「うおっ……!?」

突然、凄《すさ》まじい轟音《ごうおん》がした。雷か。しかもかなり音が大きい。近くにでも落ちたのか？

耳をすませば、室内だというのに激しい雨風の音が聞こえる。

「おいおい……なんか激しくなってきてないか？　停電にならなきゃいいけど……」

温かいものを飲みたいし、今のうちにお湯を沸かしておくか。あと念のために懐中電灯とか探さないと。

「俺は先にリビングで温かい飲み物作っておくわ」

「あっ。ま、待って……！」

留衣の切羽詰まったような声に足を止める。

「どうした？」

「その……」

浴室のドア越しの留衣。シャワーの音は止まっており、もう浴び終えたのだろう。

その分、さっきよりも声が聞き取りやすいから……。

――何か言いたいが言えない。

留衣の声色はそんな気がした。

「なんだよ、留衣。遠慮しているなんてらしくないぞ。ちゃんと言ってくれないと……」

「言ってくれないと……？」

「俺が寂しい！」

声を張り上げ言ってやる。

「寂しいって……。ふふっ。うん、分かったよ。じゃあ遠慮なく甘えるとしよう」

少しの間、沈黙が続いた後。

「わたしが着替え終わるまで、近くにいてくれないかな……？」

ハッキリ言いながらもどこか不安げな声色が聞こえた。

「……雷が怖いから？」

「うん……。わたしが雷が怖いの……変？」

「変じゃないだろ。誰にだって苦手なものはある。ちなみに俺はお化け屋敷が怖い」

「じゃあ今度一緒に行くかい？」

「おう、隣でずっと俺の泣き声聞かせてやるぞ！」

留衣のクスッとした笑い声が聞こえた。少しは元気になったみたいだ。

「ただまあ、このまま俺が脱衣所にいるのは気になると思うし……。ドア越しにいるから」

「うん……ありがとう……」

脱衣所を出てそのまま待っていれば少し遅れて、がらがら、と浴室のドアが開く音が聞こえた。

「郁人……いる？」

「いるから安心して着替えていいぞ。あと、覗《のぞ》いていい時は遠慮なく言ってくれ」

「……後半はおかしくないかい？」

普段ならもっと勢いがあるツッコミをされそうなものだが、今の留衣からは普段から想像もできないほどのしおらしい声が返ってきた。

相当、雷が怖いらしいな。

俺は大人しくドア越しに待つことにする。

あと、留衣の声を聞き取りやすくするためにも。

「……ごめんね、郁人。先にシャワー浴びさせてもらっただけじゃなくて、こうして着替えを待ってもらって……」

「気にすんな。それにしても留衣が雷が怖いのは意外だったな。ギャップ萌《も》えってやつ？普段はカッコいい留衣のちょっと可愛《かわい》い部分が知れてなんか……お得感があるなっ。……何言ってんだろ、俺」

言い終わって自分にツッコミを入れる。

少しでも場を明るくするために言ってみたものの、最後らへんの言葉はほぼヤケクソである。

意識してこういうことをしようとするとぎこちなさを感じてしまう。

「……」

留衣の反応がないのが怖い！　雷よりも怖いかも！

「わ、悪いっ。雷が怖いのにギャップ萌えとか言ったら嫌だよなっ」

「……ううん。ありがとね、郁人。わたしのこと少しでも落ち着かせるために言ってくれたんでしょ？」

「お、おう……」

見透かされていたか。ちょっと恥ずかしいな……。

でも留衣の声が少し明るくなった気がする。良かった良かった。

「郁人は優しいよね」

「留衣は俺の男性護衛官であり、大切な友達なんだ。他のやつよりうんと優しくしてるぞ」

「……っ。そっか。ありがとう」

「お、おう……」

　まさか素直に返されるとは思っておらず、少し気恥ずかしくなる。

　本当のことだし、恥ずかしがることなんてないかもだけどさ。

「ねぇ、郁人」

「うん？」

　雷から意識を逸《そ》らすためか、今度は留衣から話しかけてきた。

「郁人って……女の子にモテたいってよく言っているよね」

「ああ、言っているな。まあ実際はモテたいは最終目標であって、俺は男だけど女子に話しかけられるのはウェルカムですよーっていう宣伝に近いな」

「そうなんだ。女の子だったら誰でもいいかと思っていたよ」

「それ、田中と高橋にも言われた。全く……皆、俺を甘く見すぎだ。俺はそんな簡単に喜ぶ男ではない。ちょろくはないぞ！」

「……女の子のおっぱい好き？」

「大好き‼」

　自然と拳に力を入れながらハッキリ言う。

「ハッ！　つい即答してしまった⁉」

「ちょろいじゃないか。ふふっ、あははははっ！」

……おお？　留衣が俺と話していて1番の笑いじゃないか？

ドア越しでも留衣が大笑いしていることが分かる。

「そんなにおっぱい大好きな健全なやつを揶揄《からか》って面白いのか！」

「ちょっとは面白いなと思ったけどさ。それじゃあ質問を変えようかな。好みの女の子とか……いるの？」

「あー……そうだなぁ」

意外な質問がきて考え込む。

が、浮かんできたのは王道なもので。

「可愛くて、優しくて、一緒にいると楽しい子がタイプかな」

「ふ、ふーん……。あっ、巨乳な女の子は？」

「大好きだが？」

「正直だね。ふふっ」

先ほどのように俺が即答したのが面白かったのか、また笑い声が聞こえる。

「じゃあ高身長の女の子はどう？　自分よりも少しだけ背の高い女の子」

「高身長の女の子もいいよな」

「じゃあ高身長で巨乳で隣にいて楽しい女の子は？」

「最高の組み合わせだな。そんな女の子がこの世に存在するならぜひとも会ってみたいな」

「……」

沈黙。

何故《なぜ》か留衣からの返事が途絶えた。

耳をすますも雨音しか聞こえない。

それにしても質問攻めにされるとちょっとむず痒《がゆ》くなるな。

てか、留衣の着替えはちゃんと進んでいるのか？

「なぁ留衣、着替えの方は――」

「じゃあ、わたしは当てはまるね」

「……え？　っお⁉」

ガラガラとドアが開く音がしたと思えば、背後から勢いよく抱きつかれた。

背中越しに留衣の火照《ほて》った身体《からだ》の熱が少しずつ、伝わってきて心拍数が上がる。

「る、留衣？　どうし……」

言いかけて……止まった。正確には口を開けたまま俺は固まった。

背中越し。

身体の温かさとは違う……何か柔らかいものを感じたから。

俺はそれを理解するまで時間がかかる。

その間、背中から回された留衣の手は離さないとばかりにぎゅっ、と力が入り……。

熱っぽい息。次に声が。

「郁人――わたしの本当の姿を見て」

◆◆

「さて……どうしようかなぁ……」

わたしは悩んでいた。

人生の中で一、二を争うと言っていいほどだ。

「郁人の家に来てしまった……」

そう。郁人の家。

わたしは男性護衛官。男子のボディーガードが役目だ。

しかし中身は所詮、女の子。男子の家にいることに緊張してしまうのだ。

『留衣！　もう少し早く走れるか？　あともうちょっとで俺の家に着くから……！』

あの時の郁人の判断は間違っていない。

雨宿りしている女性たちのところに行くぐらいなら自宅の方が安全だ。

郁人は安全だが……。

わたしは危険だ。

わたしの理性が試されている。

それなのに郁人は平然と服を脱ぎだすし、シャツから見える腹筋は……見惚《みと》れてしまうほど鍛えられていた。

やっぱり郁人は男の子なんだと思う。

「……とりあえず、早くシャワーを浴びよう」

早く冷静にならないと……。

そんなことを思いつつ、ひとつ屋根の下で男女が2人っきり。何か起こることを少しは期待していた。

それこそ、何かのきっかけでわたしが女だとバレてもいいと思った。

でも……変わらなかった。

雷に怯《おび》えるという、普段のわたしとは違っても郁人は変わらず接してくれた。

それが嬉《うれ》しくて……少し寂しい。

だって、まだわたしが女の子と知らないでの対応。

知ったら一体、どういう対応をしてくれるんだろう……？

変わらず優しいままがいいな。

「郁人は優しいよね」

つい、口からも漏れ出す。

「留衣は俺の男性護衛官であり、大切な友達なんだ。他のやつよりうんと優しくしてるぞ」

「……っ。そっか。ありがとう」

「お、おう……」

あっ、郁人が少し動揺している。

今日のわたしはいつもよりも積極的になれる気がして口を開く。

「ねぇ、郁人」

「うん？」

「郁人って……女の子にモテたいってよく言っているよね」

「ああ、言っているな。まあ実際はモテたいは最終目標であって、俺は男だけど女子に話しかけられるのはウェルカムですよーっていう宣伝に近いな」

「そうなんだ。女の子だったら誰でもいいかと思っていたよ」

本当に意外である。

でも郁人の行動をよくよく振り返ってみれば、積極的に話しかけることはあっても強引に何かをするというのはなかった。

あくまで女子たちと仲を深めたいという感じであった。

「それ、田中と高橋にも言われた。全く……皆俺を甘く見すぎだ。俺は女の子でそんな簡単に喜ぶ男じゃない。ちょろくはないぞ！」

「……女の子のおっぱい好き？」

「大好き!!」

即答。

ほんと郁人は……。

「ちょろいじゃないか。ふふっ、あははははっ！」

笑いが我慢できなくなって噴き出す。

ああ、郁人って本当に面白い。

男に関しては苦い過去があるはずなのに君の前だと簡単に笑顔になる。

「そんなにおっぱい大好きな健全なやつを揶揄って面白いのか！」

「ちょっとは面白いなと思ったけどさ。それじゃあ質問を変えようかな。好みの女の子とか……いるの？」

「あー……そうだなぁ」

郁人は考え込んでいる様子だ。

でもすぐに。

「可愛《かわい》くて、優しくて、一緒にいると楽しい子がタイプかな」

「ふ、ふーん……。あっ、巨乳な女の子は？」

「大好きだが？」

「正直だね。ふふっ」

郁人は正直だから……次の質問からもっと核心に迫ろうと思う。

今日のわたしは、なんだかイケる気がするから。

「じゃあ高身長の女の子はどう？　自分よりも少しだけ背の高い女の子」

「高身長の女の子もいいよな」

「じゃあ高身長で巨乳で隣にいて楽しい女の子は？」

「最高の組み合わせだな。そんな女の子がこの世に存在するならぜひとも会ってみたいな」

「……」

自分から聞き出そうとしたことなのに。

期待以上の答えが返ってきて……ぶわっと顔が熱くなる。

すぐ横にある鏡を見なくても顔が真っ赤になっていることが分かる。

ドクンドクンと鼓動が早くなる。

これで……ようやく決心がついた。

そして、郁人だけに抱く不思議な感覚の理由と向き合える。

わたしは、郁人が好きなんだ。

男性護衛官だから一緒にいたいのではない。

好きな人だから一緒にいたいのだ。

『だからこれから隣でよろしくな、留衣！』

『うん。よろしく、郁人』

初めて会ったあの日から、わたしの恋は始まり、途切れることなく今日も一途《いちず》に思い続けている。

恋なんてしないと思っていたし、ましてやその相手が昔、わたしの全てを否定したのと同類の男子になるとは。

でも、郁人は本当にわたしにとって特別な存在だ。

そしてこれからは、異性として隣で対等の関係でいたいと強く思う。

だって、好きな人だから。わたしのことを1番認めて欲しい人だから。

だから——今、わたしの本当の姿を明かす。

「なぁ留衣、着替えは——」

「じゃあ、わたしは当てはまるね」

「え？　っお!?」

郁人の言葉を強引に遮って脱衣所のドアを開けて、その逞《たくま》しい背中目掛けて勢いよく抱きつく。

初めて郁人に触れた。

初めて自分の意志で触れることができた。

郁人の体温が、匂いが、感触が、直《じか》に感じることができる。

わたしとは違う筋肉質でがっしりした身体《からだ》。そんな身体を離すまいと手を交差してホールド。1ミリも隙間がないくらい全身を密着。

もう後戻りはできないし、するつもりもない。

「る、留衣？　どうし……」

郁人が途中で言葉を止めた。

背後から抱きしめているから郁人の顔は見えない。

郁人は今、どんな顔をしているのだろう。

いつもの無邪気な笑顔を浮かべている？

なんのことか分からず、首を傾《かし》げている時のような顔をしている？

それとも……わたしの本当の姿にやっと気づいて動揺している？

「ねぇ、郁人」

郁人の耳元まで顔を近づけ、わたしは囁《ささや》く。

「郁人――わたしの本当の姿を見て」

最後のダメ押し。

熱っぽい息で囁き、回している手に力を入れる。

サラシで押さえつけていないわたしの胸が、郁人の逞しい背中に形を変えてさらに押し付けられる。

ねぇ、郁人。

わたしって。

柔らかい？

温かい？

いい匂い？

これって、男の子の感触じゃないよね？

じゃあ君の隣にずっといた子は……。

「留衣……お前もしかして……」

ああ、くる。ついにこの瞬間。

「もしかして……〝女の子〟なのか……？」

◆◆

「もしかして……〝女の子〟なのか……？」

俺は自分の言葉に半信半疑ながらも言い切った。

留衣はそれを聞いたはず。

「……ふふっ」

わ、笑った？　どっちだ？

微《かす》かな吐息が耳にかかり、ぞくぞくしつつも答えを……。

「そうだよ。わたしは女の子だよ」

「……」

しっかり留衣の口から告げられ、俺の耳にもしっかり入る。

俺は目を見開き、身体はピシリと強張《こわば》った。

自分ではもっとこう、大声を上げながら驚くかと思っていたが……。

びっくりしすぎて声も出ないとはまさにこのことだろう。

「……」

「……」

お互いに無言。

いや、ここで無言は留衣からしても1番困るよな……！

俺はなんとか言葉を発しようとしたが、それよりも先に「ねえ、郁人」と留衣の口が動いた。

「とりあえず郁人はシャワー、浴びてこよっか？　このままだと風邪引いてしまうし」

「え……」

間の抜けた俺の返答を聞いて、留衣がくすりと笑うのが耳元をくすぐる。

「そんな残念そうにしなくても大丈夫だよ。ちゃんと面と向かって話すから」

　背中に当たった柔らかさが遠のく。

　留衣が抱きしめていた手を離したのだ。

「さぁ、早く身体を温めてきて。ドライヤーは郁人がシャワーを浴びている間に借りたいから……だから、早く入った入った」

「あ、ああ……」

　留衣は俺の肩を摑《つか》み、脱衣所へと押した。

　脱衣所のドアが閉められるとともに……俺は力尽きたように床にへたり込んだ。

「留衣が実は女の子だったって、まじかぁ……」

◆◆

「ん、おかえり。早かったね。ソファ使わせてもらっているよ」

「……お、おう」

　髪も乾かし終えリビングに入れば、俺が貸した少し大きめのTシャツを着ている留衣が視界に入るとともに……押し上げるようにしている大きくて立派な2つの膨らみが激しく主張していた。

この姿を見るのは2回目のはずなのに、意識した後だと全然印象が違う。

なんというか、今はすごく艶《なまめ》かしい。

てか、今までどうやって隠してたんだ？

あんな巨乳、俺が見逃すはずがないと思うんだけど……。

胸の方に釘付《くぎづ》けになってしまっていたのか、留衣と目が合うと彼女は少し口角を上げて。

「まさかここまで気づかないと思ってなかったよ」

「えと……ご、ごめん……っ」

そうだ、まずは謝罪をせねば！　留衣のことをずっと男だと勘違いしていたわけだし。

「留衣、その……」

「郁人。ここきて」

俺の言葉を遮り、留衣がぽんぽん、と自分の隣を叩《たた》く。

そうだな。謝るならもっと近くでなければ。

俺は留衣の隣に腰を下ろす。いや、ここは床に正座するか？

「わたしは郁人に謝って欲しいわけじゃないから」

謝罪の言葉を述べようとした瞬間、留衣に先手を打たれた。

「わたしだって、郁人がわたしのことを男だと勘違いしていることに気づいていながら今まで明かさなかったわけだし……。お互い様ってことでいいかな？」

「あ、ああ……。留衣がそれでいいなら」

「ありがとう」

「こちらこそ……」

「……」

「……」

お互い無言になる。

リビングには微かな雨音しか聞こえない。

いつもなら話題は尽きないのに、今は喋《しゃべ》り出す最初の言葉もスッと出てこない。

まともに顔が見られないので留衣がどんな表情をしているのかも分からない。

「ねぇ、郁人……」

「な、なんだ？」

沈黙を破ったのは留衣の方だった。

「……わたしの過去の話をしてもいいかな？　わたしがこの高身長とこの大きく育った胸が原因で……小学校高学年くらいからかな？　男子から怯えられ、嫌われて。女子から遠ざけられていた話を」

出だしから、衝撃を受ける。

「話の続き、聞かせてくれないか……？」

「うん」

それから留衣の過去を一通り聞いた。


「――これがわたしの過去。あえて大きな胸を隠したりとか、口調をちょっと大人っぽくしたりとか……。偽ってきたから郁人が気づかなかったのも無理はないよ」

黙って聞き終えた俺は、視線を留衣から一旦逸《そ》らし、頭の中で内容整理。

留衣は高身長と巨乳ということから、昔から男子からは冷たい目で見られ、その男子に嫌われたくない女子からは避けられていたらしい。

過去の話をしてもらったが、これで留衣の15年間が全て分かるはずもない。

あくまで留衣が簡潔に纏《まと》めたもので、俺が知らないことはまだたくさんあるだろう。

それこそ、本人はもっと辛《つら》かっただろう。

だから簡単に……。


――辛い過去があったんだな。

――そいつら酷《ひど》いな！

――俺はそんなこと思わないのに。


「……」

俺は口を強引に結ぶ。

励ましの言葉さえもこの場面ではふさわしくない気がする。

「ありがとうね、郁人。話を聞いてくれて。おかげでスッキリしたよ」

留衣が少し足を伸ばしたりして楽にしている。

表情は柔らかいものになっていた。

「わたしの過去の話はここまで！　もう今日で思い出すのは最後だねっ」

俺が黙っているのを気遣ってか、留衣が明るい声で言う。

やっぱり俺も何か言うべきだな。

今の俺が掛けられる言葉を考えた時、頭の中でついさっきの脱衣所での出来事が流れる。

『郁人――わたしの本当の姿を見て』

女の子だと打ち明けるタイミングは迷ったと思うし、辛かったことをもう一度思い出して話すのはキツかっただろう。

俺の後ろから抱きつくほど、勇気を振り絞って本当の姿を明かしてくれた。

それだけ俺は信頼《しんらい》されているんだと感じる。

だから……。

「留衣」

「うん？」

「女の子だったこと、そして過去のこと……打ち明けてくれてありがとうな」

その勇気にお礼は言うべきだ。

「っ。うん、こっちこそ……」

照れ臭いのか、頬を赤く染める留衣。

それを見た俺までも顔が少し熱くなったことを感じる。

「……」

「……」

お互いにまた無言になる。

気まずいというわけじゃない。

少し照れ臭くも、むしろ心地よい沈黙だ。

今度は俺から沈黙を破ることにする。

「でも未《いま》だになんか信じられないというか……まじで女の子なの？」

「女の子だよ？　それも君がぜひとも会ってみたいと言ってくれた女の子」

『じゃあ高身長で巨乳で隣にいて楽しい女の子は？』

『最高の組み合わせだな。そんな女の子がこの世に存在するならぜひとも会ってみたいな』

　数分前の何気ない会話を思い返す。

「あれ、ずるくないか！　あんなの正直に答えるに決まっているだろ！」

「その正直さがわたしに本当の姿を明かす勇気をくれたんだよ」

「そ、そうか……」

　そう言われてはもう言い返せない。

　やばい……。今の俺、いつもの調子が取り戻せないかも。

「ねぇ、郁人」

　と、留衣の呼び掛け。

「ど、どうした？」

「こっちをちゃんと見てよ。わたしの姿、見て？」

「っ……」

何気ない言葉なはずなのに驚くほどドキリとしてしまった。

俺は定まらない視線を落ち着かせ、留衣の目を真正面から見据える。

「はい向きました……。どうか目潰しだけはご勘弁を！」

緊張を紛らわすためにそんなことを言っているなんて、留衣にはお見通しだろう。

「全く……」

留衣はふふっと微笑《ほほえ》んだかと思えば、少し強張《こわば》った表情になる。

その表情の変化だけで、勇気を振り絞ってまた俺に何か言おうとしているのが分かる。

「ねぇ、郁人。わたしの今の姿どう思っているの？」

聞き覚えのある質問だ。

この間、スーパーで初めて留衣の本当の姿を見た時と一言一句同じ言葉だ。

でも声は前よりも弱々しかった。

俺が同じ答えを言っても今の留衣にとってはまた違った受け取り方になるのだろう。

むしろ、今の方が重要だ。

それが留衣の真《ま》っ直《す》ぐ俺を見る瞳から伝わる。

「そうだな……」

俺の回答なんてもう決まっている。

それでも少し沈黙の後。

頭の中で言うことをしっかり復唱してから、俺は留衣の容姿をしっかり見て。

「俺は高身長で巨乳な女の子な遠坂留衣のこと、すっげえ可愛《かわい》いと思うぞ！」

そしてもう1つ。

「だから改めてよろしくな、留衣！」

はにかみながら俺は手を差し出す。

初めて出会ったあの日のように。

「はぁ……良かったたっ」

安堵《あんど》の息とともに、留衣は嬉《うれ》しそうに頬を綻ばせて俺の手を握った。

お互いに手は熱かった。

◆◆

留衣が女の子であることが分かって1週間が経《た》った。

といっても関係が急に変わることはなく、普段通り2人並んで雑談したり、放課後は寄り道をしたりの日常だ。

でも改めて留衣を見ても、あれほどの巨乳が隠されているとは到底思えない。

留衣はサラシをキツく巻いて隠していると言っていたけど……それにしてもだ。

まじ、どうやって収まってんの？

ジロジロ見るのは悪いと思いながらも、横目に隣の留衣の胸元らへんに目を凝らす。

と、その時。

「――では次の段落までの文章を市瀬くんに読んでもらいましょうか」

「へ？」

俺の名前が呼ばれたと思えば、教壇に立つ先生がこちらにパチンとウインクした。

可愛いです！　じゃなくて!!

そうだ。今は2限目の現代文の授業中だった。

「……」

やべぇ、授業の内容全然聞いてなかったよ!?

「え、えーとですね……」

俺は慌てて教科書を見るが、どのページを読むのかさっぱり分からん。

「郁人、ここだよ」

と。俺の異変にすぐさま気づいたのか、隣の席の留衣が自分の教科書を指差し、読むページを小声で教えてくれた。

おかげで俺は恥をかかずに無事に読み終えて席に座ることができた。

「ありがとう、留衣。まじ助かった」

席に座り、隣の留衣に小声でお礼を言う。

「わたしは郁人の男性護衛官だからね。君が困っているなら助けるのは当然さ。でも、授業中にわたしの胸ばかりに集中しているのは見過ごせないかなぁ？」

「あはは……ご馳走《ちそう》様です！」

「堪能しないの。全くもう……。ふふっ」

留衣はちょっと嬉しそうにしていたのでこれからも俺の視線は胸に行きがちになるかもしれない。

お前、ちょろすぎだろって？　お前らもおっぱい好きだろうが！


放課後になり、俺は席を立つ。

「留衣ー。日誌出してくる！」

「行ってらっしゃい。気をつけてね」

元気にビシッと敬礼すれば、留衣も合わせてくれて敬礼しながら俺が教室から１人で出るのを見送ってくれた。

俺は1人廊下を歩く。

男性護衛官が付き添わなくてもいいのかって疑問が出ただろ？

日誌を出す時だけは男子であろうと1人で職員室に届けに行くというルールがあるのだ。

その他にも鳳銘《ほうめい》学園では独自のルールが存在する。

そもそも男子は何故《なぜ》、女子に囲まれると分かっていながらもわざわざ学校に通うのか。

1番の理由は、女性への耐性や接し方を身につけたいと思っているからだ。

この世界の男性は女性に苦手意識があったり、草食系が多いが……全員が全員、女性と一生関わりたくないというわけじゃない。

ただ、関わり方や距離感がイマイチ摑《つか》めないだけ。

そこで、中学校や高校という教育の場所では男子が女子に少しでも慣れるような取り組みを考えているらしい。

日誌を1人で職員室まで出しに行くというのも、女子からの視線に慣れるためだ。

まあ俺にとっては難なくこなせることばかりだけどな。

「今日は市瀬くんが日誌当番なんだ」

「ねー。市瀬くん……」

「市瀬くんかぁ。遠坂くんと仲睦《むつ》まじいよねぇー」

1人でいる時は、さすがに女子からの視線が凄《すご》い。

多くの男子はこの視線に耐えられず、早く終わらせたいと早歩きになるみたいだが……。

俺は別に気にならない。むしろ話しかけてもらってもいいのでゆっくりと行くのだった。


昇降口を通り過ぎれば、職員室が見えてきた。

あとは、職員室にいる担任の聖美《きよみ》先生に日誌を渡すだけなのだが、すぐにはそうせずに職員室の前で話す2人に視線を向けた。

「って、ことがあってさぁ〜」

「それは珍しい体験をされましたね」

見るからに楽しそうに会話しているのは、デザインが少し違う男子用の制服を着ている2人。

俺の知っている顔だった。

『はい、時間切れです。皆さん、これ以上の接近はお2人が怖がってしまうのでお下がりください！』

『それでも近づくなら、男性護衛官のわたしたちが容赦しないよー？』

田中と高橋の男性護衛官である。

2人とも普段は凛《りん》とした表情と態度だが、今はどこにでもいる普通の女子生徒って感じだ。これが本来の姿なのかな？

そんなことを考えながら眺めていると1人と視線が合った。

「あっ！　市瀬くんだ！」

「澪《みお》さん。いきなり声を掛けられては驚かれてしまいますよ」

「大丈夫だって！　だって、あの市瀬くんだし」

あの市瀬くん？　2人の間で俺は一体どういうキャラなんだ？

「市瀬さんが良くても、順序というものがですね――」

「あー、はいはい。分かった分かった～。れんちゃんは相変わらず真面目で可愛いね～」

「可愛いで誤魔化《ごまか》そうとしてませんか？」

「本音だよ～？　れんちゃんはすっごく可愛いよ～」

「頭を撫《な》でても誤魔化され……ますね。もう……」

「いひひ～。れんちゃんは素直で可愛いなぁ～」

教室で滅多《めった》に見ることがないであろう、男性護衛官2人の微笑ましいやり取りが目の前

で繰り広げられる。

目の保養になり、ずっと見ていられるが、そろそろ……。

「灯崎《あかりざき》くんと上嬢《かみじよう》くん、俺のこと呼んだ？」

俺の名前を呼んだのは、金髪ゆるふわショートの灯崎くんの方だけど。

男性護衛官は普段の凛々《りり》しい立ち振る舞いと外見のかっこよさから、君付けで呼ばれることが多い。

なので、俺も君付けで呼んでいる。

「えっ！　わたしの名前覚えてくれているの！」

「わたしの名前も……」

「そりゃ、男性護衛官でクラスメイトなんだから覚えているよ」

そう言うも、灯崎くんも上嬢くんもちょっと驚いたような表情で俺の顔を見ていた。

クラスメイトの名前くらい普通、覚えていると思うんだが？

「名前覚えてくれてめちゃくちゃ嬉しいよ〜！」

「名前を覚えていただけるのは嬉しいことですね」

「大袈裟《おおげさ》じゃない？」

灯崎くんも上嬢くんもあまりにも嬉しそうにしているので思わず聞き返す。

「いやいや！　全然大袈裟じゃないよっ。男子の隣に常にいる男性護衛官といえど、呼ばれる時は『おい』とか『お前』が多いからさぁ〜。名前を覚えてもらって呼ばれるのは珍しいことだよ〜」

「3年生になっても、男性護衛官の名前さえ覚えていない男子もいると聞きますから」

「ええ……そうなの……」

名前を呼ぶだけで喜んでもらえるならむしろ連呼してしまうけどな。

それにしても灯崎くんと上嬢くんと話すのは初めてだ。

留衣以外の男性護衛官と話す機会がないというか、護衛の仕事で忙しそうだから話しかけられないというか。

「って、話逸《そ》れちゃったね。わたしが市瀬くんのことを呼んだって話だよね？　うん、呼んだよ〜。日誌を職員室にいるキヨちゃん先生に出したいんだよね？」

「ああ、うん」

手に持っている日誌で気づいてくれたみたいだ。

「実は急に職員会議になったみたいでさぁ。だから職員室には今入れないよー、って教えてあげよと思って」

「なるほどな。教えてくれてありがとう」

教えてもらわなかったら危うく入るところだった。

職員会議中に間違って入ると結構恥ずかしい。あと、静かな声でめちゃくちゃ怒られるし。

だから2人は職員室前で話して待っていたということか。

「急に話しかけて申し訳ありません、市瀬さん。驚かれましたよね？」

紺色ウルフカットの上嬢くんが言う。

俺が男ということもあり、心配してくれているようだ。

「いやいや。話しかけてもらってむしろ嬉《うれ》しいよ」

「お〜。市瀬くんはやっぱり優しいねー」

「わたしたちにも優しいのですね」

「そうかな？」

灯崎くんも上嬢くんも感心したように俺を見るが、俺はただ2人と話したいだけなんだよなぁ。

「あっ、そうそう！　市瀬くんと会話できたら聞こうと思っていたことがあったんだった！」

灯崎くんが途端にテンションが高めになった。

「なんだ？　今ならなんでも答えよう」

「やったっ。じゃあ聞くねー。今までるーちゃんのこと、男の子と思っていたのってほんと？」

「あ、あー……」

地味に傷を抉《えぐ》るような質問だったわ。

るーちゃんってことは留衣のことだろうし。

「ま、まあ……本当です、はい」

「本当なんだ！　確かにるーちゃんは高身長でカッコいいもんね！　間違えるのは仕方ないと思うよ！」

「澪さん。その質問は市瀬さんにダメージが……」

「ぐふっ……いや、大丈夫だよ上嬢くん……」

気づかなかった俺がいけないわけだし。

「周りで見ている分には面白い状況だなぁって思っていたよー。あんなに気づかないものなんだなーって」

「わたしは微笑《ほほえ》ましいと思いました。お2人とも、仲睦まじいですから」

「いや、見守っているくらいなら教えて欲しかったんだけど!?」

今思えば、俺が留衣のことを男だとあからさまに勘違いしているにもかかわらず、誰も教えてくれなかったな。

えっ、なんで⁉

もしや俺って人望までないの⁉

「んー、正確には教えなかったじゃなくて……教えられなかっただねぇ」

灯崎くんが申し訳なさそうに頬をぽりぽりとかく。

言葉の続きを待っていると、次に上嬢くんが口を開いた。

「わたしたちも周りの皆さんも、留衣さんが実は女性であることを下手《へた》に教えれば……お2人の関係を壊しかねないと思ってしまいまして……。見守ることしかできませんでした」

確かに今振り返ってみれば、女子が俺に近づかなかったのは何か配慮しているようにも見えたし、「付き合っちゃってよ」とか「お似合い」だとか色々と言われた。

あれはただのからかいだと思っていたけど、もしかしたら早く気づいてあげてというメッセージだったかもしれないな。

ちなみに鳳銘高校の男性護衛官は全員女子というさらなる事実を高橋と田中から聞いた。

美形な人がやたらと多いとは思っていたが、納得したのであった。

「だからるーちゃんが打ち明けるか、市瀬くんが気づくかの二択しかしなかったんだぁ〜。教えてあげられなくてごめんね〜」

「わたしからも謝罪申し上げます。すみません」

シュン、とテンションが下がる2人。

ここは貞操逆転世界で実は女の子であることの意味合いが全然違くなってくるのか……。

「理由を聞いて納得したし、結局、気づかなかった俺が1番悪いな。しかし、俺のいた世界では男がイケメンに転生してモテモテって展開がテンプレだからさ。まさかそのイケメンポジションが女の子とは――」

「『俺のいた世界？』」

「あっ」

頭の中の言葉がついつい出てしまったみたいだ。

灯崎くんも上嬢くんも不思議そうな顔で俺を見ている。

「なんでもないぞっ。とにかく留衣はイケメンで男装も似合っているからさ。男と勘違いしてしまったなぁーって……！」

慌てて訂正すれば2人とも納得したように頷《うなず》いた。

「それで、るーちゃんが女の子って分かったその後はどうなの？」

「どうって……。うーん、特に変わったことはないなぁ」

「そうなのですか？」

「そりゃ最初は女の子と知ってめちゃくちゃ驚いたけどさ。でも結局、留衣が男でも女でも中身は変わらないんだし、俺にとって大事な友達であることは変わらないからさ」

「市瀬くんにそう言ってもらえるるーちゃんは幸せ者だね」

「はい。……羨ましいですね」

灯崎くんも上嬢くんもほっこりした様子になった。

「あっ、でも思わず胸に視線が行っていることは自白します」

「正直でよろしいっ。頭ヨシヨシしてあげよ～」

と、まじで灯崎くんに頭を撫《な》でられる。

不意打ちなでなで万歳！

留衣の件は話し終えたことだし、次は俺から質問するとするか。

「灯崎くん、上嬢くん。俺ってそんなに留衣のイケメンさで霞《かす》んでいるのかな？　ほら、高橋と田中みたいに俺は女子から迫られたりしないからさ」

「あー……」

「それは……」

灯崎くんと上嬢くんは顔を見合わて口を濁らせる。

もしかして、何か思い当たることがあるのか!?

「まあ市瀬くんがそういう状況なのは色々原因があるんだよね～」

「そうですね。色々と原因がありますね」

「原因？　良かったら教えてくれないか！」

原因を改善すれば、もっと女子に話しかけてもらえるってことだよな！

「お、おう……近いねぇ……」

「男性の方からここまで近づいてこられるのは初めてです……」

2人の頬が薄《うっす》ら赤くなっていることに気づく。

「あっ、ごめん……！」

俺は慌てて後ろに下がる。

近づきすぎたみたいだ。

いくら男性護衛官と言っても、2人も女子。男子の顔が近ければ、慣れなさで多少は恥ずかしいみたいだ。

「それで、良かったら教えてくれないか！」

一歩下がって再び聞けば、灯崎くんと上嬢くんは背を向けてコソコソ話を開始した。

「（どうする？　言ってもいいのかな？）」

「（少しぐらいなら良いのではないでしょうか？　それこそ原因はたくさんありますから）」

しばらくして、2人してウンウンと頷き合い意見が纏《まと》まったようで俺の方に向き直った。

先に口を開いたのは、灯崎くん。

「まず1つ目は」

「1つ目!?」

その言い方だと結構原因がありそうな感じなんだが!?

「市瀬くんはすっごく優しいというか気さくだからさ。女子たちが調子に乗っちゃう可能性があるの」

「ほ、ほう？」

それの何がいけないんだ？　と思ったが続きを聞こう。

次に口を開いたのは、上嬢くん。

「市瀬さんの気さくな性格はとてもいいと思います。しかし、この学校には市瀬さん以外にも男子が在籍していて全員が全員、市瀬さんのような対応をしてくれるとは限りません」

「そうそう。だから男性護衛官じゃなくても、大半の女子は男子がどのくらい話せるとか、どのくらいの距離感だったらいいのかとか、常に探っているよねｌ。そういうのって人によって違うし、それぞれに合わせていかないとね」

２人はサラッと。それこそ『普通』のことのように言っているがすごく大変なことだと思う。

「……その点、市瀬くんはそういう探りを全部吹っ飛ばしてくるからねぇ」

「関われば関わるほど、男子との距離感が分からなくなってしまいますね」

灯崎くんと上嬢くんが苦笑い気味になる。

「もしかして俺は女子に優しくしない方がいいってことか？」

「市瀬くん、優しくしないこととかできるの？」

灯崎くんが意外そうな表情で長いまつ毛をぱちくりとさせる。

「おう、できるとも。例えば、女子と目が合った時に笑みを浮かべていたところをお辞儀だけにするとか！」

「それはそれで優しさだと思いますけどね」

上嬢くんがあはは、と苦笑い。

どうやらこれは優しさに含まれてしまうみたいだ。

「じゃあ、重い荷物を持っている時に代わりに持つのではなく、頑張ってねって言うだけにする！」

「それも優しさだと思います」

「男子の応援ほど女子は嬉《うれ》しいものはないと思うからねぇ〜」

「優しくしないって難しくない⁉」

そもそも、人に冷たく当たるのが難しくないか？

「別に市瀬くんが態度を変えなくてもいいんだよっ。皆、市瀬くんのことが嫌いってわけじゃないし」

「ただ今は、他の男子とも関わる上でいつでも優しい市瀬さんのことは後回し気味になっているのだと思います」

なるほど。女子たちも色々と考えて接しているわけだな。

嫌われているわけではないと分かり、内心ホッとした。

「でもやっぱり、市瀬くんには変わらないままでいて欲しいな。るーちゃんのためにも」

「そうですね。留衣さんのためにも今のままの市瀬さんでいてもらいたいです」

「留衣のためにも？」

俺が首を傾《かし》げれば、灯崎くんと上嬢くんは互いに顔を見合わせた後、また俺の方を向いて。

「わたしたちにとってるーちゃんは男性護衛官仲間でもあり、大事な友達なんだぁ。でも今のわたしたちじゃ、るーちゃんのことを励ますことはできても、るーちゃんが抱えている悩みとか本人から打ち明けてもらえるのは、まだまだ先だろうなーと思ってる」

「しかし市瀬さんは違うと思います。男性護衛官が誰よりも男子の傍《そば》にいるように、留衣さんの隣に誰よりもいるのは市瀬さんです。信頼関係はわたしたちとは段違いだと思います」

「それに、市瀬くんの隣にいる時のるーちゃんは男性護衛官の任務としてではなく、純粋に楽しんでいるよねー。だから本当にお似合いって周りの女子たちも思っているし」

「何も偽らず、悩みすらどこか行くような単純にお互いが笑い合う関係。それが留衣さんにとって特別であり、素直な自分が出せる時間だと思います。ですので、市瀬さん。これからも留衣さんのことをよろしくお願いします」

「これからもるーちゃんのことをよろしくね、市瀬くんっ」

上嬢くんも灯崎くんも笑みを浮かべる。

これは留衣の友達としての2人の頼みなのだろう。

「おう、任せろ」

俺は自信満々に歯を見せて笑って返した。

「じゃあ残りの理由も――」

質問の続きをしようとした時だった。

「わたしが心配して待っている間に皆で楽しそうじゃないか。仲間外れにしないで欲しいな」

「「あ」」

灯崎くんと上嬢くんが声を揃《そろ》えて俺の後ろを見た。

瞬間、強く後ろに手を引かれた。

バランスを崩し倒れそうになった瞬間、柔らかいものに触れて止まった。

見ると、俺を後ろから抱きしめるような形で支えている留衣がいた。

「留衣！　なんでここに！」

「だって郁人が全然戻ってこないから」

あれ、この台詞《せりふ》。前に俺が言ったことがあるような？

「わたしも仲間に入れてよ。何を話していたの？」

さすがに俺が女子に迫られない理由や留衣について話していたとは言えないし。

「ちょっと2人に口説かれていてさぁ」

「へぇ……」

「ちょっと待って!?　市瀬くんの冗談は、るーちゃんにとって洒落《しゃれ》にならないからっ」

「ええ、市瀬さんが絡むと留衣さんは……ああ、留衣さんの笑顔がもっと怖くなりましたっ」

にっこりとした留衣に見つめられ、全力で首を横に振る灯崎くんと上嬢くん。

それにしても、男性護衛官が3人揃うとなんだか貫禄《かんろく》がある。

周囲の女子から黄色い高い声が上がるのも納得がいく。

ほんと、美形集団だよなぁ。その中でも目を惹《ひ》くのは、留衣。

「どうしたの、郁人？」

「い、いやなんでもないぞっ」

俺と留衣の関係は変わらない。

でも……留衣のことを女の子だと意識してドキドキする機会はこれから増えそうだ。

第四章『市瀬玖乃』

とある休日の昼下がり。

「おはよう、貞操逆転世界……。ふぁ……」

俺が起床した時間である。スマホの時計を見れば、もう11時。

それと、さっきのは俺が目覚めて言うようにしている言葉。

15年も貞操逆転世界で生きてきたとはいえ……やはりこの世界は前世の記憶がある俺からしたら異常なのだ。

そのことを忘れないためにも言うようにしている。

パジャマ姿でリビングに入れば、私服姿の玖乃《くの》がいた。

しみひとつないなめらかな肌に中性的で整った顔立ち。

少し華奢《きゃしゃ》な体つきだが女子受けはいいだろう。

うちの玖乃は今日も美少年である。

「おはよ……玖乃……ふぁぁ」

「あっ、兄さん……。おはようございます。まだ眠そうですね」

「ああ、眠いけど……」

眠かったけど、気になることができて目が冴《さ》えた。

玖乃は平静を装っているが……今さっき俺と目が合った瞬間、後ろに何か隠した。

「玖乃、何を隠したんだ？」

バッチリ見ていたため、すぐさま聞いた。

玖乃はギクッとあからさまに肩を上げたが。

「……朝ごはんを隠しました」

「そこのテーブルに焼き鮭とおにぎりという美味《おい》しそうな朝食が置いてあるんだけど？」

今日は確か母さんが料理当番だ。テーブルにはご丁寧にラップがかけられた朝食が置かれている。

「そんな変な嘘《うそ》をついたってことは、俺にも関わる何かを隠しているなぁ～？」

それに玖乃が眉をひくひくさせているので確定だろう。

俺は手をわきわきさせ、玖乃に近づく。

「に、兄さん……まさか……」

玖乃が一歩下がる。

これから俺がすることを察したみたいだ。

「だが今更気づいてももう遅い！　くらえ！　こちょこちょこちょこちょ！」

「わひゃぁ!?」

脇腹をくすぐると、玖乃のクールな表情からそんな可愛《かわい》らしい声が漏れた。

と思えば、そんな口を片方の手で押さえる。後ろに回されたままの反対の手には、隠しているものがあるのだろう。

そんな状態の玖乃には、俺のこちょこちょの手を止める手段はない！

「こちょこちょこちょ！　はい、取ったり！」

玖乃がくすぐりに悶《もだ》えている間に、後ろに隠されたものを取り、素早く封筒の中身を取り出す。

「これは……映画のチケットか？」

しかも2枚出てきた。ペアチケットのようだ。

顔を上げて玖乃を見ると、落ち着くようにこほんっ、と咳払《せきばら》いをして。

「……すいません。正直に話しますね。実はお母さんが家を出る時に、知人から譲り受けたという映画のチケットを渡されまして……」

「なるほど。じゃあ一緒に行こうぜ」

「ボクは映画館には行きません」

「分かった。じゃあ俺1人で行ってくるな！」

「……兄さん？」

「じょ、冗談だって！」

ほぼノータイムで目のハイライトがなくなり、声がワントーン低くなった玖乃にこちらも速攻で返した。

俺が1人で外出しようとすることにそこまで不機嫌にならなくてもいいと思うが。

玖乃はやっぱり過保護である。

中学では男性護衛官をしていることもあり、女性に対する警戒心が人一倍だからだろうな。

「ちなみに映画館に行きたくない理由とかあるのか？　好きな映画が今は上映されてないとか？」

そう聞けば、玖乃は顔を顰《しか》めた。

「いえ、そうではなく……映画館は人混みが激しいので」

「そりゃ映画目的の人が集まる場所だからな。しかも今日は休日。さらに人は多いだろうな」

「人が多いということは女が多いということです。だから嫌です」

貞操逆転世界ならではの表現だな。

「それは俺が女性に襲われる可能性があるからか？」

「もちろん」

即答された。

俺ってそんなに襲われそうな感じしてるのか？　襲われるどころか女子にモテモテになったことすらないので信じられないでいる。

「でも今回は大丈夫だろ。玖乃が傍にいてくれれば襲われないと思うし。玖乃が俺のこと守ってくれるだろう？」

「それはそうですが……」

それでも映画に行くことは反対なのか、玖乃は口をもごもごとさせる。

「……でも女がたくさんいる場所に行くのは……」

何かに取り憑《つ》かれたようにリビングをぐるぐると歩き始めた。

よく見ると、下唇を噛《か》んでいる。これは玖乃が悩んでいる時の癖である。

同時に、俺としてはあと一声ということを表す。

これでダメだったら映画館に行くのをやめよう。

「何より、兄弟で仲良く映画鑑賞は俺の憧れでもあるんだ！　ダメ……？」

俺がそう言うと、ぐるぐる歩いていた玖乃がピタリと止まった。

「に、兄さんがそこまで言うなら映画館に行きましょうか」

「よっしゃ！」

玖乃の許可が下りたので俺は爆速で朝食をたいらげ、部屋で私服に着替えて洗面台にやってきた。

最後に髪のセットをするのだ。

手のひらに1円玉よりちょっと多いくらいの量のワックスを取って手のひらで伸ばしていく。

「兄さんって意外と外見には気をつけていますよね」

鏡を見ながら髪を握る感じで揉《も》み込んでいると、玖乃が横から現れた。

「ん？　そりゃそうだろ。人は内面と相性の方が重要だと思うが、やっぱり見た目も印象の対象になるからな。ちゃんとしないと。それに身なりに気をつけていると前向きになれる感じがするし」

最初はモテたくて始めたけど、鏡越しの自分の身なりがちゃんと整っていくのを見ると気分が良くなるし、楽しくなってくる。

筋トレや料理を始めたのだってモテたいって理由からだけど、繰り返していくうちにできることが増えていくのが楽しくなってきて今も継続している。

「やっぱり何事も最低限の努力からだよな」

髪を整え終わり、鏡越しにはにかめば、玖乃は小さく口角を上げた。

「そうですね。今でこそ兄さんはできるようになって楽しそうですが……昔はワックスのつけすぎで頭がウニみたいになっていましたからね」

「ああ、国産ウニね。あれ、自分でも鏡見た時傑作だったわっ」

写真フォルダーに未《いま》だに保存してある。今度、不意打ちに留衣《るい》にも見せてやろう。

「でもあのウニ頭も今となってはこうだよ」

玖乃の方を振り向き、顎に手を添えちょっとドヤ顔。

「ちゃんと整っていますね」

玖乃からもＯＫを貰《もら》い、俺は自信がついたが束の間《つかのま》。

「これで顔も整えることができれば……はぁ」

そう嘆いても今更である。

「兄さんは今のままでいいと思いますよ」

「え？」

いつの間にか隣に来ていた玖乃が言う。

「今のままって馬鹿のまま？」

「はい。馬鹿のままでいいと思います。逆に今から賢くなれるのですか？」

「無理」

「全く……兄さんは兄さんらしいですね」

堂々と言い張る俺に玖乃は少し笑いを漏らしたのだった。


ショッピングモールへ到着後、エレベーターに乗り、映画館がある階で降りた。

「やっぱり人が多いなぁ～」

休日とあって、映画館入り口は混雑していた。

玖乃の言っていた通り、圧倒的に女性が多い。見渡す限り女性しかいない。

「兄さん。人混みではぐれないように」

「まあ大丈夫だろ。だって俺たち……女性たちの視線の的になっているのだから」

俺がそう言えば、玖乃は「あまり目立ちたくないのに……」と呟《つぶや》いていた。

いや、その容姿の良さから玖乃は目立たないとか絶対無理だから。

「イケメンがいる～！」

「兄弟かな？　それにしては似てないけど……それでも男の子2人が仲良く映画なんててい

いっ」

「お似合いすぎて声を掛けるなんておこがましいわ〜」

映画館に人が多いこともあり、女性たちの会話は聞こえないものの、女性たちの視線のほとんどは玖乃が集めているのだろう。

俺は隣の玖乃をチラッと見る。

ベストとパンツのセットアップという一見普通のコーデだが、玖乃のような美形が合わさると特別感が増す。

「美少年もアリだよね」

「美少年×好青年もアリ……」

ほら、耳をよく澄ませばまた声が聞こえてきた。1つ違うものが紛れている気もするけど。

相変わらず玖乃は女性にモテモテだ。

何故《なぜ》かって？　イケメンだからに決まっている。

そんなイケメンの隣にいる俺はモテないわけで……。

あれ？　この感じ留衣の時と似てるな？

「映画のジャンルはどうする？」

俺は入り口で取ってきた公開映画が載ったチラシを玖乃に見せる。

動物との感動系・ホラー系・青春学園ラブコメ・アニメなどなど、種類は豊富でジャンルだけ聞けば普通である。

しかし、内容は女性需要の高いものが多く、チラシに載っている上映作品紹介の大半は男性を前面に押し出しているものが多い。

「ボクが選んでもいいのですか？」

「ああ、むしろ玖乃にお願いしたい。玖乃が選んだものなら間違いはないだろうし……」

「？」

玖乃は小首を傾《かし》げているが、俺はとある日のトラウマを思い出して苦い顔になる。

あれは、興味本位でネットでアダルトコンテンツ系を探していた時だった。

開いた先に待っていたのはオアシス。

ではなく……モザイクだらけのがちむちの男の裸体であった。

女性需要が多いということはそういうことにも繫《つな》がる。

もうあんな辛《つら》い思いはしたくないんだ‼

「では……これはどうでしょうか？」

玖乃が指差したのは、学園ラブコメっぽい映画だった。

あらすじを見る限り、肉食系イケメン男子に冴《さ》えない女子が迫られるというもので、前世の少女漫画に近い。

やっぱりイケメンに振り回される系のラブコメってどこでも人気あるんだなぁ。

「うん、この作品にしよう」

少女漫画系ならがちむちモザイクマッチョは出てこないだろう！

それから隣同士の座席チケットを取り、ポップコーン売り場の行列に並んでいる時。

「本当に映画を見るのですね？　映画館内は真っ暗になるという危険なところですよ？」

玖乃が眉を顰《ひそ》めて言う。

「いや、映画を最大限に楽しむために暗くしていると思うんだが……」

玖乃は映画館をお化け屋敷ぐらい恐ろしい場所だと思っているのか？

「大体兄さんは本当に危機感がないです。ボクは赤ちゃんから小学生にかけての兄さんのことは知りませんが、昔から無防備で無自覚で馬鹿だったとお母さんからは聞いています。兄さんは生まれてくる時に危機感を忘れてきたのですか？」

玖乃が早口になりながら言う。

まあ、あながち間違いではない。

だって俺、この貞操逆転世界に転生してるし。

そんなことを思いながら玖乃をじっと見ていると、玖乃はハッとした表情になり肩をすくめる。

「……すいません。また過保護発言になりました。でも、もしもの可能性があります。暗闇で兄さんがもしも女に身体《からだ》を弄《いじ》られるという事態があり、それが原因で女性恐怖症になってしまったらボクは……。また、過剰に心配してしまいました、すいません……」

玖乃がシュンとなり、眉を下げる。

男の数が少なく、男に飢えている世界といっても女性たちにはある程度の良識はあるだろう。

しかし、暗闇を狙って無理やりスキンシップを取ろうとする人が絶対にいないかと言われると怪しい。

男女比1：20で女性は肉食系が多いということはそういうことなのだ。

玖乃が過保護なのはいつものことだとしても、このままでは玖乃の頭の中は俺の心配ばかりで純粋に映画を楽しめないだろう。

玖乃の不安を和らげる方法は……。

「あっ」

思いついたわ。

それは前世では映画館という場がリア充や若いカップルの集まりということもあってだ。

俺は早速、玖乃に言ってみることにする。

「じゃあさ、玖乃」

「はい？」

小首を傾げる玖乃。

俺はそんな玖乃の色白な手を握る。

「……っ!?」

「おお、すごいすべすべしてるし細いな……って、眺めている場合ではないな！　上映中はこうやってお互いに手を繋いでいればいいんじゃないか？」

俺の言葉に玖乃は目を丸くした。

「ほら、隣同士の席だし。だからさ、手を繋いでおいて何かされそうになったらその手を強く握る。それだったらお互い少しは安心して映画を見ることができるだろ？」

俺は名案とばかりに告げる。

「でもそれでは……」

「それでは？」

何かダメなところでもあるのだろうか？

あっ、男同士で手を握るのが玖乃としては嫌なのかもしれないな。

「あの2人、男の子同士で手を繋いでるよっ」

「えっ、そういう関係なの〜〜！　きゃ〜〜！」

あちらこちらから女性たちの興奮気味な声が聞こえてきて俺はパッと手を離す。

「悪い悪いっ。別に俺と手を繋ぐのが嫌なら遠慮せず言ってくれっ」

「……です」

「え？」

ボソッと言うものだから聞こえず、すぐさま聞き返す。

すると、玖乃は俺との距離を詰めてきて。

「ボクは一言も兄さんと手を繋ぐのが嫌なんて言ってません」

「お、おう」

その綺麗《きれい》な瞳がいつになく真剣である。

確かに玖乃は俺に手を握られた時、嫌とは言っていないなぁ。

「じゃあ、手を繋ぐか？」

「はい。でも、ボク以外の女の子にはそんなことを簡単に言わないでくださいね」

「お、おう？」

玖乃の言葉に首を少し傾げながらも、再び玖乃の色白く細い手を握れば、さっきよりも少し熱かった。

映画上映中。
薄暗い空間。皆が静かにしている空間。
そんな中、ボクは兄さんと手を繋いでいた。
時おりスクリーンの光で照らされる兄さんの顔はいかにも映画に夢中って感じである。
映画館なのだからそうなるのが普通か。
ボクはというと……ドキドキしっぱなしで映画に集中できないでいた。
「……兄さんはほんと、無自覚たらしですね」
この呟《つぶや》きは、スクリーンから出る音にかき消されて兄さんには聞こえない。
「……昔のボクは、男の人なんて今後関わりたくないと思っていたのに」
この呟きも、どうせ音にかき消される。
ボクは……いや。〝私〟は男の人が嫌いだ。ハッキリと言える。

原因は、私の家庭環境にあった。

私には双子の兄がいる。そう、兄。つまり男。

男女比が1：20のこの世界で男は貴重。両親は……そんな兄にしか愛情を注がなかった。

そして双子ということもあり、なにかと比べられた。

だけどその全て。

『男の子なのに挨拶ができて偉いですね～』

『まあ！　残さずご飯を食べてくれたのね！　嬉《うれ》しいわ～』

『学校に行きたくない？　なら無理しないで休むのが1番よ。貴方《あなた》は貴重な男の子。嫌なことなんて全部しなくていいのだからっ』

男と女という性の違いで比べられた。

貴重な男を蝶《ちょう》よ花よと育てるのは自由だ。

しかし、代わりに私を冷遇していい理由にはならない。

私がたとえ、１００点の回答用紙を見せようが。運動会で1位になろうが。

周りの大人は、誰も褒めてくれなかった。

双子の妹。

女として生まれてきたごく普通の私には興味を示さなかった。

そして何がきっかけだっただろうか？

その時はまだ小学5年生だったが、そんな環境に頭がおかしくなったのか？

何故《なぜ》か私の方が大人たちの機嫌を窺《うかが》うように。

少しでも私という存在にも気づいてもらえるように。

『あの……ボクの話も聞いていただけないでしょうか？』

一人称を変え、敬語を使うようになり、劣悪な家庭環境でなお悪い方向に自分を無理やり変えてしまったのは。


周りの大人の顔色や機嫌を常に気にする生活が身になじみつつあった、小学6年生のある日のこと。

家にいても兄が甘やかされているのを見せられるのが嫌だったボクは近所の公園で時間を潰すことが多くなっていた。

ブランコに乗り、ただぼーっと過ごしていた時だった。

「ブランコ。楽しくないのか？」

「え？」

突然話しかけてきたのは——同い年ぐらいの男の子。

「……男」

ボクは思わず、顔が引き攣《つ》った。

この頃のボクはすっかり男嫌いになっていた。

「俺も隣でブランコに乗ってもいいか！」

そんなボクとは対照的に、彼は太陽のような笑みを浮かべているのだった。


——それがボクと兄さんの初めての出会い。運命の出会いだ。


「……ふぅ」

一日回想を終えて、椅子に深く腰掛けリラックス。

続けて、兄さんとの運命的な出会いから今の新たな家庭環境に至る回想に浸るのもいいけど……。

せっかく映画を見にきたのだ。

上映後は兄さんと映画の内容についての話をするだろう。ならば、ちゃんと見なければ。

映画のジャンルは肉食男子と地味系女子の学園ラブコメもの。

それも、制作者の願望が詰まったであろうご都合主義全開の作品だ。

主人公の女子にだけは全く恐怖心がなく、それどころか自分から迫ってくるという肉食系男子。

さらにその男子は微笑《ほほえ》みかけたり、頭を撫《な》でたり、不意にお姫様抱っこをしたりと現実の男子ならあり得ないことを……いや。兄さんならワンチャンあり得そう。

お姫様抱っこはまだしも、微笑みかけたり、頭を撫でたりはボクはされたことがある。

お姫様抱っこももしかして頼めばしてくれるんじゃ……。

映画よりも兄さんのことでまた頭が埋め尽くされた時だった。

『てめぇ！　俺の女になにしやがる!!』

「っ」

男性役者の大きな怒鳴り声に驚いてしまった。

シーン的にはカッコいいところなのだろう。

嫉妬した女子たちから主人公の女子を守るように立ちはだかり、本気で怒っている。

しかし、ボクにとっては男性が怒鳴るということはトラウマを呼び起こす。

『おい、お前！　この俺様の視界に気安く入るんじゃねーよッ』

甘やかされて育ったアイツの罵詈雑言《ばりぞうごん》が、頭に響く。

それもあってか……反射的に兄さんの手を強く握ってしまった。

「……玖乃？　どこか触られたのか……？」

耳をくすぐるような小声で。でも心配したような早口で兄さんが顔を近づけてきた。

「い、いえ……映画の音にびっくりしただけです」

「……そうか」

兄さんはまた前を向く。その横顔を見ると、少し落ち着いた。

兄さんはアイツとは違う。血の繋《つな》がった双子のアイツとは何もかも違う男……。

だから、アイツのことなんて忘れて今は兄さんとの幸せを……。

再び見た自分の手は薄暗い中でも少し震えていた。

多分兄さんには、見えなくても分かってしまう。手を繋いでいるのだから。

どうしたの？　と優しく聞かれても、今は誤魔化《ごまか》すことしかできない。

ボクはまだ、留衣さんのように過去のことや本当の姿を明かす覚悟は——

「！」

ふと、兄さんの手がモゾモゾと動き始めた。

チラッと見れば……手を繋ぎながらグー、チョキ、パーと手遊びをしていた。

どういうこと？　と困惑しながらも。

「ふふっ」

小さくだが、笑いが漏れてしまった。

「……結局、女子には襲われないな俺たち」

ボソッと、兄さんがボクの耳元で囁《ささや》く。

「油断大敵ですよ、兄さん。だからもっと強く手を握りますね」

ぎゅっと、兄さんの手を握ると。兄さんもぎゅっと握り返してくれた。

それが……とても嬉しくて、落ち着く。手の震えはいつの間にかなくなっていた。

「映画の理想を埋め込んだ男性よりも、誰よりも兄さんは素敵な男性ですよ」

ボソッと呟いた言葉は、兄さんにはまだ直接伝えない。

◆◆

映画鑑賞後。ゆったりできる場所を求めて俺と玖乃はカフェにいた。

「いやー。さっきの映画。中々面白かったなー」

前世ではオタクに優しいギャルがご都合主義の鉄板ネタだったが、貞操逆転世界では女子に優しい肉食系男子が需要があるらしい。

映画の内容は王道展開が多かったものの、制作者が女性であるからか、心情描写や男性の台詞《せりふ》のカッコ良さが際立っていて中々良かった。

「玖乃はどうだった？」

「ボクはあまり頭に残ってません」

「それ、つまらなかったってことか？」

映画の途中では手が少し震えていて、もしかして女性に触られたりとか、トイレに行きたいのかなとか、寒いのかなと心配になった。

が、それをベラベラと口に出してしまうとさすがに他のお客さんの迷惑になると思い……代わりに、手をわちゃわちゃ動かしていたが、玖乃からは笑い声が聞こえていたので問題はないと判断した。

それに玖乃はしっかりしてるし、わざわざ心配する必要もなかったかもしれない。

でも映画は楽しくなかったのかな？

それにしては……。

「ふふ。……兄さんと映画館も悪くないですね」

玖乃は上機嫌に笑っていたのだった。

第五章『鹿屋千夜』

俺はこの世界の男の中で変わり者だと思われることが多いだろう。

実際、小学生の頃は一時期だが同じ境遇であるはずの男子からも距離を取られていた。

正直、ちょっと寂しかった。

そんな俺にも……というか、俺以上に元気で自由で明るい男はいたし、アイツのおかげで俺は自分を無理に変えることがなかったし……すごく楽しかった。

『ほらほらっ。早くしてよ、いっくん〜』

『少しは待ってくれよ！　元気すぎるだろっ』

暑い日差しが身体《からだ》に照りつけるのも物ともせず。

『いっくんが遊んでくれなきゃ、おれは退屈してしかたないんだよ〜』

アイツは太陽のような笑みを浮かべていた。

『だからおれが大きくなったらその時には婿に貰《もら》ってやるよっ』

たまにこうやって変なことを言うやつでもあった。

所詮は子供の言葉で数年後には忘れているだろう。

あれ？　アイツ、今はどうしてるんだろ……？


「んが……」

頭はふわふわした感じだが、いつも通りの時間に起きた。

なんだか懐かしい夢を見た気がしたのだが、起きてしまうと今ひとつ思い出せなかった。


「行ってきまーす！」

といっても俺がいつも最後に家を出る。

「おはよう郁人《いくと》。今日も元気だね」

「おう、俺はいつも元気だ」

家の門にもたれかかるようにして待ってくれていた留衣《るい》と学校へ向かう。

教室に近づくと何やら騒がしい声が聞こえてきた。

また高橋《たかはし》と田中《たなか》が女子に囲まれているのかと思いきや……2人の姿はまだなく。

「久しぶりだね、鹿屋《かのや》さん！」

「なんで突然、学校に来なくなったの〜」

囲まれていたのは、女子生徒。

「色々と手間取ってしまいましてね。でも皆さんがこうして、また私とお話ししてくれて嬉《うれ》しいです」

それも可愛《かわい》い子が多い中で一際見惚《みと》れてしまうほどの美少女だった。

とりあえず窓際の1番後ろの自分の席に着き、視線の先の女子生徒について考える。

「ん？　どうしたの郁人？」

あまりにも凝視しているため、そんな俺に留衣が首を傾《かし》げた。

「あの中心にいる子。普段見ない子だなと思ってさ」

濃い茶系の長髪に、前髪は綺麗《きれい》に真《ま》っ直《す》ぐ切り揃《そろ》えられている。

今も多くの女子生徒に囲まれていて、ほんわかした笑みを振りまいている。

「あの子って確か入学式で代表挨拶していて、うちのクラスの委員長で名前は……」

「すごいね。そこまで覚えているなんて」

留衣が感心したような声を漏らしたが、肝心の名前が思い出せない。

俺としたことが女子の名前を忘れるなんて！

「あれ？　ちーちゃんだ！　ちーちゃん〜！」

　ふと、灯崎《あかりざき》くんの元気な声が聞こえたと思えば、集まっている女子たちを器用にかき分けて中心にいた彼女に抱きついた。

「おっと。ふふっ、灯崎君。学校では男性護衛官なのですから、あまりこうしてくっつくのはいけませんよ」

「今だけだからっ。林間学校前にちーちゃんが戻ってきてくれてよかったよ～」

「あら。林間学校の時だけ私が必要なんですか？」

「ちーちゃんが学校に来てくれたのがもちろん嬉しいんだよ～！」

　ぎゅーっと抱き締める灯崎くんの頭を彼女は優しく撫《な》でた。

　なんとも微笑《ほほえ》ましい光景で見ているこっちまで顔が緩んでしまう。

「男性護衛官が傍《そば》からいなくなったら困るんだが……」

　背後からそんな声がした。

　振り返れば、挙動不審にキョロキョロ周囲を見回す高橋がいた。

「あー、灯崎くんがあっちに行っているから不安なのか。ついでの高橋おはよー」

「俺がついでなのかよ！」

「だってお前、女子に興味ないだろう？」

「ないけど」

「薄情者！　俺の敵めっ！」

モテたくないやつがモテるとかどこその無双系主人公かよ！

「な、なんだよっ。そんなに当たりが強いと……傷つくだろうが」

しゅんと肩を落とし、分かりやすくテンションを下げる高橋。

お前が弱々しくなるのかよ。この反応も貞操逆転ならではなのか？

「悪い。俺も言いすぎた。お前の悲しむ顔は見たくないから早く機嫌を直してくれ」

俺は立ち上がり、高橋の肩をぽんと叩《たた》く。

「お前がそこまで言うなら……わ、分かった」

素直かよ。純粋かよ。別にそこまでのことも言ってないけど。

高橋はいつも通りのぶっきらぼうな表情に戻った。これが通常時である。

あと女子たちの方から『ウッホ！』みたいな声が聞こえてきたんだけどやめて!?

この世界でＢＬ需要を満たすつもりはないから！

「おはよう、高橋くん。わたしが君の男性護衛官を呼び戻そうか？」

「い、いや。大丈夫……。お前らいるし」

お前らってことは留衣も含められているのだろう。

「ほーん。留衣は怖くないんだな」

「そりゃあの市瀬《いちせ》の男性護衛官だし……」

「あのってなんだ！　褒められている気がしないぞ！」

「ああ、褒めてねぇよ。それに遠坂《とおさか》はイケメンだから男みたいな感覚で……」

「なにぃ！　それ、失礼な考え方だろ！　留衣は女の子なんだぞ！」

「お前なんて少し前まで男だと勘違いしていただろっ。そっちの方が失礼だ！」

「ほんとすいませんでした！」

留衣の方に勢いよく頭を下げる。

「はいはい。その件はもう謝らなくていいからね。それで郁人。彼女の名前は思い出したかい？」

「うーん……説明をお願いします！」

「ふふっ。分かったよ」

留衣は一拍置いてから話し始めた。

「彼女は鹿屋千夜《ちよ》。ＣＭでもよく流れている大手ファッションブランドをまとめる鹿屋グループの一人娘であり、うちのクラスの学級委員長でもある」

「鹿屋千夜さんかぁ」

改めて鹿屋さんの方を眺める。

にこやかな笑みを振りまいており、確かにお金持ちのご令嬢という雰囲気がある。

「数ヶ月も学校に来てなかったのは家のことや縁談話関係だろうね」

さすが男性護衛官。クラスメイトの情報は大体把握しているみたいだ。

「でも澪《みお》の言う通り、鹿屋さんが林間学校前に帰ってきてくれて良かったよ。学級委員長というクラスの纏《まと》め役がいてくれるとわたしたち男性護衛官も大助かりさ」

男性護衛官からも頼りにされるなんて、この世界の学級委員長は大役みたいだな。

「でもそんなに頼り甲斐《がい》があるなら男性護衛官の試験とかは受けなかったのかな？」

「男性護衛官を受験するかどうかは個人の意思だからね。でも噂《うわさ》によると、心に決めた相手がいるようで……鹿屋さんは男性護衛官以前に男子にはほとんど興味がないと聞くよ」

「そうなのか」

縁談話があったとはいえ、男子に興味があれば長らく学校を休まないよな。

それにしても、この世界で一途《いちず》を貫くなんて素敵じゃないか！　ぜひとも応援したい！

そう思いながら、再び鹿屋さんに視線を向けると。

「皆さん。あと3分で朝のＨＲ《ホームルーム》が始まるので速やかに席に戻りましょう」

鹿屋さんの穏やかな一声で、女子たちはスムーズに各々の席に戻っていく。

おお！　早速、学級委員長って感じがするな！

「高橋くんごめんね〜。１人は不安だったよね？」

灯崎くんもこちらにいる高橋を迎えに来た。

「お、お前がいなくても俺はこれくらい平気だ……！」

強気な感じの高橋だが、さっきまでめちゃくちゃ挙動不審だったけどな。

「そういえば高橋。お前の隣にいる男性護衛官の名前ってなんだっけ？」

「あ？　灯崎だろ」

「覚えてるんだな」

「あたり前だろ。自分の男性護衛官なんだから」

「じゃあ隣を見てくれ」

「あ？」

ぶっきらぼうな顔をした高橋が隣を見れば、そこにはもちろん男性護衛官の灯崎くんがいる。

だけど今の彼女は……ぽっと。頬が淡く染まっていた。

横目に確認して俺は言葉を掛ける。

「高橋。これからはお前とかじゃなくて、灯崎くんのことはちゃんと名前を呼んであげろよ」

「な、なんでだよっ」

「その何気ない変化が嬉しいに決まっているからだよ」

俺の言葉を受けて、高橋はもう一度灯崎くんを見る。

「あ、その……名前覚えてくれてて嬉しかったよ？　……うん。ほ、ほら！　早く席に着こうか高橋くんっ」

男性護衛官モードとは程遠く、落ち着きがない灯崎くん。赤い顔が恥ずかしいのか、何度もパタパタと手で仰いでいる。

「あ、灯崎」

そんな時、高橋が口を開く。

「灯崎……その、今日もよろしく……な」

ぽりぽりと頭をかき、ぶっきらぼうながらもちゃんと言った。

そんな高橋を見て灯崎くんが目を丸くしたのは一瞬で。

「う、うん！　よろしくね！」

満面の笑みで返したのだった。

「あれ……なんか教室静かなんだけど……」

「あら、澪さんの顔が妙に赤いような……？」

たった今、教室に入ってきた田中と担当男性護衛官の上嬢《かみじょう》くんは状況が呑《の》み込めず、戸惑っている様子。

というか、いつの間にか教室にいる全員が注目していた。

「後から田中にも名前で呼ぶように言っておくか」

上嬢くんもきっと喜ぶはず。

「郁人はほんと優しいよね」

隣の席の留衣がそう言って微笑《ほほえ》む。

「と言っても、自己満足にすぎないぞ」

そう。自己満足。

『名前覚えてくれてめちゃくちゃ嬉《うれ》しいよ〜！』

『名前を覚えていただけるのは嬉しいことですね』

あの時、2人が喜んでいるのを見て、担当している男子に言われたらもっと嬉しいんだろうなって思ってきっかけを作ったにすぎない。

「男性護衛官は男子の隣に1番長くいるんだ。なら、嬉しいことが多い方がいいだろ」

俺がニカッと笑うと。

「そうだね。わたしも色々と大変だけど、楽しい方が勝つかな」

留衣も笑った。

「おーす、お前らー。静かに席につ……いてるな。鹿屋が帰ってくると助かるなぁ」

担任教師が教室に入ってきた。栗色《くりいろ》の長髪を後頭部でお団子に結った、どこか気だるげで赤ジャージがトレードマークの聖美《きよみ》先生だ。

聖美先生は姉御肌系美人って感じの先生である。

それから視線を鹿屋さんにふと流せば、目が合った。

「……貴方《あなた》はあの頃と変わらないですね。良かった」

小さく動いた口とともに、微笑みを向けられた。

◆◆

昼休みを終え、迎えた5限目。

いつもなら腹一杯になって眠くなることが多いが、今日の俺は眠気がくる気配がない。

何故《なぜ》なら。

「今日の5、6限目は林間学校についての時間になる。だからお前らー。ソワソワするぐらいなら今全力で喜んどけー」

聖美先生が投げやり気味にそう言えば。

「「「林間学校きたぁぁぁぁぁぁぁ!!!」」」

教室はライブ会場並みに大盛り上がり。

椅子から立ち上がって喜んだり、ガッツポーズをする女子たち。

一方、男子側。高橋と田中はというと聖美先生からの前フリもあってか、耳を塞いで女子の盛り上がりを意識しないようにしていた。

「いやぁ、凄《すご》いね」

留衣さえ、女子たちの熱に押し切られている様子だ。

「林間学校は俺、初めてだから楽しみだなぁー」

「郁人は中学の時は林間学校に参加しなかったの？」

「参加しなかったというか、そもそもなかったというか。中学は俺、自宅での通信教育だったからさ」

「なるほど。大正解だね」

「大正解!?　まあ今は危なっかしくないから大丈夫だよなっ」

「……」

「……はい、ごめんなさい」

留衣からの無言の圧にすぐさま謝罪した。

「おい、お前ら！　いつまでもうるさいぞ。はぁ……鹿屋」

聖美先生が鹿屋さんに視線を向け。

「皆さん。林間学校の話を早く聞きたいですよね？　だから静かにしましょう」

鹿屋さんがパン、と手を合わせてそう言えば、教室が一瞬で静かになった。

「おお、すごい。これが学級委員長」

鹿屋さんが来てからクラスの秩序が保たれているみたいなところがある。

「さて、林間学校の内容の前にまずは班決めだ。クラスの人数は25人だから……5人の班を5つ作ろうか。皆分かったかー？」

聖美先生がそう言えば、「はーい」と女子たちが返事。

「5人の班……ってことは、男子3人と男性護衛官3人じゃ……どうしよう、留衣。1人だけ溢《あふ》れる。これじゃ男子&男性護衛官の班ができないぞ」

「あー……言っちゃったねぇ」

「え？」

地雷と踏んだとばかりに留衣が苦笑。

視線を動かせば、ザワザワと賑《にぎ》やかだった教室内が静まり返り、女子全員が、聖美先生までもが俺を向いていた。

えっ、そんな大声で言ったわけじゃないのに皆聞き取れたの⁉

「先生……！」

1人の女子が声を上げて、聖美先生の方を意見を求めるように見る。

「こほんっ。そうだなぁ。林間学校はクラス内の交流を目的としたイベント……。だからいつものように男子が固まって行動してもらっては困る。今回ばかりは、男子にも少々我慢してもらうところが出てくるかもしれないいな」

これに関しては、田中と高橋もしょうがないとばかりに小さく頷《うなず》いた。

「あとは班の決め方についてだが……」

ごくり、とクラスに緊張が走った気がした。

「去年は自由に決めていいクラスもあったみたいだが……。先生、めんどくさくなるの嫌だから……はい！」

どん、っと教卓の上に箱が置かれた。

「先生がわざわざくじを作りました〜。パチパチー。不正ができないように、紙じゃなくてボールに1から5の班の番号を書いたからなぁー。同じ番号の人が同じ班だってことだ。じゃあはい、端から引いていけー」

クラスから「えー！」と声が上がるものの、聖美先生は番号が書かれたボールが入っている箱を持ち、順番に回っていく。

「お願いします……お願いします……」

「私の一生の運を使ってでもいいからっ」

「ブツブツブツブツブツブツ……」

拝みながら箱に手を突っ込む女子や何やら十字を空中に描いている女子。なんかブツブツ唱えている女子もいた。

このことから、林間学校への本気度が元の世界とは違うことがよく分かる。

窓際の端の席の俺は、最後にボールを引くことになりそうだ。

どんな子と一緒の班になれるんだろうなぁー。


それから数分後。

「はい、じゃあくじ引いたなー。自分の班の番号も確認したなー」

聖美先生が再び教壇に立つ。

くじは引いたし、番号も確認した。

だが、俺には……いや。皆疑問に思うことが出ただろう。

「先生ー！　くじを引いてない人がいるのはなんでですかー！」

1人の女子が声を上げる。

聖美先生は箱を差し出して、生徒にくじを引かせて回っていたが……。

『あっ、君は引かないでね』

何故かそう言われる生徒が数人いた。

全員の注目が聖美先生に集まる。

聖美先生は……にぃ、と意味深な笑みを浮かべた。

「じゃあ改めて班決めのことについて説明する」

えっ、くじ引きで決めるんじゃないの？

そんな疑問が出たのは俺だけではないだろう。

クラス全員が続きに注目する。

「さっきくじを引かなかった6人。まずは男性護衛官の3人だな。お前たちは担当する男子が引いた班にセットでついていってもらう。林間学校でも引き続き男性護衛官として仕事をしてもらうぞ」

俺はボールの数字を留衣に見せる。

〝2〟と書かれている。

つまり、俺と留衣は2班ということ。

「それと、男性護衛官以外でくじを引いていない生徒があと3人いるよな？　君たちは今回、男性護衛官の補佐役をしてもらう」

「補佐役？」

「えっ、なにそれ！」

そんな声がチラホラ上がり、クラスがザワザワと騒がしくなる。

「お静かに」

鹿屋さんが少し大きな声で静めればクラスは聞く態勢に戻る。

「ああ、補佐役だ。林間学校では連絡関係で男性護衛官には頻繁に招集がかかるからな。その時、傍《そば》に護衛してくれる人がいないんじゃ、男子は不安になるだろ？　補佐役はその時の代わりの護衛としての意味合いもあるが……」

聖美先生は一息ついて。

「林間学校の班は5人。男性護衛官はいいとして……。男子1人に対して女子が3人関わることになる。だがそれだと……ハードルが高いだろ？」

高橋と田中の方にチラッと視線を移した。

2人は分かりやすく肩をすくめた。

俺は全然平気だ！　むしろ嬉しい！

聖美先生もそれは分かっているのか、俺の方は見向きもしない。

「今回、事前に男性護衛官の3人に補佐役の生徒を選抜してもらった。男性護衛官が選んだ女子生徒ってことなら、少しは話しかけることもできるだろう？」

「ま、まあ……」

「そうですね……」

高橋と田中が小さく頷いている。

ところで先生！　俺は大丈夫ですからね！　一応そういう視線は向けときます！

「今回の林間学校で少しでも男女間のコミュニケーションが増えると嬉《うれ》しいよ。まあ？うちのクラスの女子はチンパンジーみたいにうるさいやつが多いが」

「ちょっと先生言い方ー！」

「もっといいところ言ってよ〰〰！」

「アタシたちチンパンジーじゃないしー」

そんな声が上がるのを尻目に、聖美先生は小さく鼻を鳴らし、続きを話す。

「積極的故に怯《おび》える気持ちも分かるが……節度は守れる生徒ばかりだ。それに、関わればそれぞれ癖もありつつ、面白いやつばかりだ。だから男子のお前たちも今回くらいは信用して、聞かれたことに返すぐらいはしてもいいんじゃないか？　女だからって全員が全員同じって決めるのは勿体《もったい》ないと思うぞ」

　聖美先生の言葉が染みたのか、高橋と田中は先ほどよりもほんの少しだが、大きく頷いた。

　それから黒板にはそれぞれの班のメンバーの名字が書かれた。

　林間学校の班決めといえば、１限まるまる使っても決まらないイメージがあったが……。

　ここまでの時間はわずか20分。

「よし、これで班決めは終わったな。いやぁ、スムーズだっただろー」

「ほとんど先生が決めたじゃん！」

「もうちょっと私たちにも決めさせてよ〜」

「これ以上自由にしたらお前ら、絶対揉《も》めるだろ。それはそれでめんどくせぇ。隣の竹《たけ》林《ばやし》先生のとこは、生徒に押し切られて班決めは自由にしているが……ありゃ対応が大変そうだ」

　先ほどから隣のクラスが騒がしいとは思っていたが、そういうことだったのか。

「その点先生は……ふふ。先生意外と考えているだろ？」

　ドヤっ、とした表情になった。

褒めてもいいんだぞ？　って感じも入ってそう。

普段気だるげなことが多いが、意外と効率が良い方法を思い浮かぶよなぁ。

それに、今の班決めは先生がほとんど決めたと言いつつも、クラスを見渡せばなんだかんだで納得している雰囲気があるのは、生徒から信頼されているってこと。

「……まあ補佐役制度については、考えたのはアタシじゃないんだけどなぁ」

クラスが少し騒がしくなる中、聖美先生が何か言ったような気がした。


それぞれの班で集まって顔合わせや軽く自己紹介の時間になった。

「さっさと移動しろ！　そこっ！　男子がいないと分かったから座りたくないとか思うなっ」

聖美先生が急《せ》かすように言う。

5班あるうち2班だけは男子がいない。

見れば、5人女子が揃《そろ》った班はどんよりとした空気になっていた。

俺と留衣も移動し、同じ班となる女子生徒も来て、全員が席に着いたところで。

「じゃあまずは自己紹介でもしようか」

留衣がそう言って、進めてくれる。

俺と留衣の順でまずは自己紹介をし、続いて女子2人も終わった。

あとは……。

「最後はわたしが選抜した生徒だね」

留衣が視線を向ける女子生徒。俺の対面にいる。

今日ずっと気になっていた子だった。

「鹿屋千夜と申します。このクラスの委員長をしております。皆さん、よろしくお願いしますね」

鹿屋さんはほんわかしつつも淡々と述べた。

「皆よろしくね。このメンバーなら林間学校も楽しくなりそうだね」

そう言って、留衣が爽やかな笑みを浮かべれば女子2人がぽっと顔を赤らめた。

このイケメン女子めっ！　かっこいいから憎めない！

鹿屋さんの方を見る。

鹿屋さんも顔が赤くなっているのかなと思いきや、にこにこ笑顔を浮かべているだけだった。

「次は班のリーダーはどうしようか？」

引き続き留衣が話を進めてくれる。

班のリーダーか。俺がやってもいいけど、男がリーダーになるのはダメそうな気がするなぁ。

「わたしは男性護衛官の仕事があるから……ごめんね」

留衣が言う。

それは仕方ないと思う。男性護衛官をして林間学校の班のリーダーもしたら大変だろうし。

となれば、残るは女子3人の誰か。

3人とも視線をチラチラ合わせていた。

この様子だと話し合いというよりかは、ジャンケンになるかと思いきや、鹿屋さんがスッと手を挙げた。

「私がリーダーになりますよ」

「ありがとう鹿屋さん！　助かる！」

「市瀬君にお礼を言ってもらえるのなら、それだけで価値がありますね」

鹿屋さんは背筋を真っ直《ます》ぐ伸ばしたまま、柔らかに言う。

鹿屋さんはジョークも言えるのか。

こうして2班のリーダーは、鹿屋さんに決まったのだった。


放課後。昇降口を出て俺と留衣は並んで歩く。

「林間学校どうなるんだろうなぁ〜」

話題はやはり林間学校のことになる。といっても、さっきから俺が話してばかりだ。

「楽しみだな留衣！」

「そうだね……林間学校はボディーガードにより一層磨きをかけないとね」

「それ、全然楽しみな雰囲気がしないんだが」

「郁人が林間学校を大人しく過ごせば、わたしの負担は減るんだけどねぇ」

「そのぉ……林間学校は……」

俺がすぐさま苦い顔になったのが面白いのか、留衣は小さく笑う。

「冗談だよ。林間学校は思いっきり楽しむといいよ。そのフォローをするのが男性護衛官の仕事だからね」

キリッとした顔になる留衣。

俺の男性護衛官は頼もしいぜ！

そうして校門を出た時だった。

「市瀬君」

「ん？」

声を掛けられ、顔を横に向ける。

そこにはスクールバッグを手前に持ち、誰かを待っている様子の鹿屋さんがいた。

「ふふ。お待ちしておりましたよ、市瀬君」

「俺を待っていたの？」

「もちろんです」

にこやかな笑みの鹿屋さんがこちらに近づく。

「ちょっと待って」

隣にいた留衣がスッと、俺を庇《かば》うように前に出た。

「郁人にどんな用事なのか、先に言ってもらえるとありがたいな」

「さすが男性護衛官の遠坂君。対処が早いですね」

にこやかな雰囲気を変えない鹿屋さんに対して、横顔から見える留衣は少し警戒した様子だった。

「1年の遠坂くんと同じクラスの委員長の鹿屋さんじゃない～？」

「見合っているんだけど、何かトラブル～？」

数人の女子がもうこちらに注目している。

俺も今の状況を改めて見る。

1年生ながらも王子様と呼ばれ、人気の高い男性護衛官の留衣。

容姿端麗で名家の一人娘の鹿屋さん。

どちらも肩書きが強いし、容姿も整っている。

一方で、男というだけで目立つはずの俺は2人のオーラで存在が霞《かす》んでいるのか何も言われない。

「そんなに警戒しなくて大丈夫ですよ、遠坂君」

鹿屋さんはにこっと笑う。

「それもそうだね。男性護衛官としてつい反応してしまったけれど……鹿屋さんはわたしが補佐役に指名したくらい信頼をしているからね」

そう言って、俺の隣に移動した留衣を見て微笑《ほほえ》む鹿屋さん。

ふと、鹿屋さんと目が合った。

「途中まで一緒に帰らせていただけないかと思いまして」

「それは……わたしではないいんだよね？」

「もちろん、市瀬君の方です」

「え！」

初めてそんなことを言われたので、留衣の後ろからひょこっと顔を出して歓喜の声を漏らした。

「うふふ。郁人さんは嬉《うれ》しそうですけど」

「……。郁人は鹿屋さんと帰りたいの？」

「留衣がいいって言うなら帰りたいけど」

「わたしは郁人の意思を尊重するから――」

「では私がご一緒してもいいということですね」

留衣が言い終わる前に、鹿屋さんがぱぁぁと明るい声で纏《まと》めた。


帰り道。今日はいつもと違う。

右には留衣、左には鹿屋さんというイケメン美少女。清楚《せいそ》美少女サンドイッチで帰っていた。

「ご承諾ありがとうございます、市瀬君」

「いやいや、そんな！　鹿屋さんは林間学校では同じ班だし、仲良くなれたら嬉しいなと思っていたからさ」

俺がそう言うと、鹿屋さんは微笑む。

「ところで市瀬君は、女性のことをどう思っているんですか？」

「いきなりすぎる質問だな」

しかも返答次第では、鹿屋さんの穏やかな顔が曇る可能性があるし。

横目でちらりと留衣を見れば、前を向いており、会話を邪魔はするつもりはないといった感じだ。

でも俺の質問の返事は気になるのか、耳がひくひくしている。

「女性のことねぇ……」

俺からしたら元の世界をふまえての貞操逆転世界での女性って見方になってしまうけど。

「可愛《かわい》い子が多くて、あとは意外と普通かな？　もちろんいい意味での普通ね。クラスの女子みたいに騒がしいくらいが俺にはちょうどいいぐらいだからさ」

「市瀬君は温かな瞳で皆さんを見守っているのですね」

「温かって……。うーん」

なんかその言い方だと、上から目線になっているみたいでなんかなぁ。

「俺はハッキリ言うと、女子と積極的に仲良くなりたいし、その中で一緒にいて楽しいって思う人と出会いたいと思うよ。なっ、留衣！」

「わたしに話を振るのかい？　最近まで郁人はわたしのことを男だと思っていたのに？」

「その節は申し訳ございませんでした！」

「ふふ。ちょっとからかっただけだよ。ごめんね。郁人がわたしとの出会いを喜んでくれているみたいで嬉しいよ」

　留衣が笑い、俺も笑う。

「うふふ。これは私の質問が失礼でしたね。申し訳ありませんでした、市瀬君」

「いやいや！　俺が勝手に言っていることだから！」

「素敵な考えだと思いますよ。市瀬君は優しいですね。……〝変わらず〟」

「ん？」

　鹿屋さんが急に立ち止まり、つられて俺も立ち止まる。同時に、隣を歩いていた留衣も立ち止まって、鹿屋さんに視線を向けた。

「鹿屋さん？」

　視界に映る鹿屋さんの口端がにぃと上がったと思えば。

　突然、俺の両手を握りしめてきて。

「え？」

驚いたのも束《つか》の間《ま》。俺の手はぐいっと前に引っ張られた。

前に。

となれば、俺は鹿屋さんの方へ飛び込む形になる。

「っ！　むご⁉」

思わず目をつぶった次の瞬間には何か柔らかい感触に受け止められ、顔全体が包まれた。

「あらあら〜。よしよ〜し」

後頭部らへんが優しく撫《な》でられていると同時に、顔が沈んでゆく。

顔を埋《うず》めているのってまさか、おっぱ——

「——また会いたかったよ、いっくん」

耳元でそう囁《ささや》かれた。

「……え」

懐かしいあだ名だ。

ん？　懐かしい？　懐かしいと思うのなら過去にあったことで……。

「何をやっているのかな？」

「うおっ⁉」

次は後ろに強く引かれた。

引っ張ったのは留衣。

留衣はそのまま後ろから俺を抱きしめた。

背中に柔らかい感触が！　こ、これもおっぱ——

「鹿屋さん？　郁人に変なことはしないという約束だよね？」

「あらあら。私は変なことはしてませんよ？　全然変ではありません。これは私なりのアピールなのですから」

再び鹿屋さんが俺の手を取り……今度は俺の手をその巨乳に埋めた。

「っ⁉」

えっ、なんで俺の手は今鹿屋さんのおっぱいに当てられているの⁉

「ふふ。やはり市瀬君は他の男性と違って、女性の身体《からだ》に興味がありそうですね。市瀬君、巨乳な女の子は好きですか？」

「す、好きだけど」

「良かったです」

にこっと微笑む鹿屋さんに俺はなんだか照れ臭くなる。

「……郁人」

むにゅん。

今度は背中に物凄《ものすご》い柔らかさを感じた。

留衣だ。

抱きしめる力が強くなったことでいくらサラシで胸を押さえているとはいえ、それほどくっつかれてはおっぱいの柔らかい感触が伝わってくる。

前は鹿屋さんの胸。後ろは留衣の胸。

前門の乳、後門の乳と言ったところかな？　さっき校門にいただけに。

……。

うん、俺は何を考えているのだろうか？

「さて、鹿屋さん。鹿屋さんはクラスの纏め役でもある学級委員長なのだから、もう少し落ち着いた行動をした方がいいのではないかな？」

「確かに私は学級委員長ですが……。遠坂君知っていますか？　学校を出たら学級委員長の仕事はないのですよ」

「学級委員長はそもそも学校限定の役割だからね」

「はい。ですので、放課後の私は学級委員長ではなく、ただの清楚な女の子」

「自分で清楚って言うんだ」

「はい。なので、何をしても構いませんよね」

「いや、良くはないよ？　清楚そうなのに実は変態なのが1番困るよ」

「ありがとうございます」

「褒めてないよ」

ぱちっ、と可愛らしくウインクする鹿屋さんに冷静にツッコミを入れる留衣。

「鹿屋さんが1番安全だと思って補佐役に推薦したけど……どうやらわたしの読みは大外れだったかな？」

「うふふ。大当たりだと言ってもらいたいですけどね。私たちは共通点もあると思いますから」

「……」

「うふふ」

留衣は警戒した瞳で。対照的に鹿屋さんは穏やかな瞳で見合っている。

俺だけなんだか置いてけぼりだ。

しばらく両者見合った後、先に口を開いたのは鹿屋さん。

「ここでお別れですね。私はこちらの角で曲がるので」

「あっ、そうなの」

だから足を止めたのね。

「では市瀬君、遠坂君。また明日〜」

鹿屋さんは満足気にひらひらと軽やかに手を振った後、背を向けて歩き始めた。歩く姿まで品がある。

「丁寧な口調とは裏腹に随分と積極的なんだなぁ、鹿屋さんって」

鹿屋さんの背中を眺めながらそう呟《つぶや》く俺に対して留衣は難しい顔をしていた。

「……まさか鹿屋さんと郁人に関わりがあったなんて……。わたしとしたことが盲点だった。これは林間学校はますます警戒しないと。鹿屋さんが変なことをしないように。じゃないと秩序が乱れる。というか、委員長が1番の狂犬だなんて……」

留衣は険しい顔でぶつぶつと言っていた。

「ねぇ、郁人」

「ん？」

留衣がやけに真面目な瞳を向けてきた。

「郁人は鹿屋さんとは面識があるの？」

「どうなんだろう？　あんなに綺麗《きれい》な人なら一度見たら忘れないと思うけど……」

鹿屋さんに関しては名前すらもど忘れしていたわけだし。

聞けば、学校には入学式と合わせて3日ほどしか来てなかったとか。

それはさすがの俺も名前を覚えていないわけだ。

でも……。

『また会いたかったよ、いっくん』

そう囁かれた時。懐かしい光景が頭をよぎった気がした。今はその光景も思い出せないけど。

「昔どこかで会ったっけかなぁ……」

思考に耽《ふけ》っていると、横目に留衣が小難しい顔をしていた。

「……なるほどね。縁談話を全て断っている理由がここで繫《つな》がるわけか……」

留衣は何かに納得したように頷《うなず》いているのだった。

第六章『林間学校』

林間学校当日を迎えた。

生徒手帳よし。荷物よし。しおりよし。

よし！　林間学校に行くぞおぉぉぉ！

朝早いので心の中でそんな雄叫《おたけ》びを上げて手荷物の最終チェックを終える。

それから母さんと玖乃《くの》を起こさないようにそーっと階段を降り、靴を履いて……。

「兄さん。もう行くんですね」

「っ、玖乃⁉」

ドアを開けて外に出れば、待ち構えたように玖乃がいた。

そういえば玄関のドアの鍵開いていたな。

「兄さんのことだからボクとお母さんを起こさないように朝ご飯も食べずに静かに家を出るかと思いまして」

さすが、玖乃。俺の行動パターンを全て読んでいる。

「見送りだけでもさせてください」

玖乃が真《ま》っ直《す》ぐな瞳で見つめてきた。

なんていい弟なんだ……。

おそらく心配だからって理由が大きいのだろうけど。

今日から林間学校。俺は中学では行ったことがないけど、男子と女子それぞれの反応を見ても普段とは違って何か起きそうな感じはする。

「兄さん、ネクタイ少し曲がってますよ」

「お、マジか」

「直しますね」

玖乃が結び直してくれる。

その様子を眺めつつ……。

身長差はまだあるものの、玖乃も成長したよなぁ。

なんてことを思う。

従弟《いとこ》である玖乃がうちに来たのが約3年前。俺が中学1年生で玖乃はまだ小学6年生だったもんな。

あの頃の玖乃は人見知りでどこか他人行儀で、仲良くなるのにちょっと時間がかかった。

今は休日一緒に出掛けたりするくらい仲良しだけどな！

「はい。これで大丈夫です」

「ありがとう」

「何かあったら連絡してくださいね？　特に……身の危険を感じた時とか」

「分かった。でも留衣《るい》や鹿屋《かのや》さんがいるから何も起こんないと思うけど」

「その油断が命取りですよ」

「命……!?　ま、まあ……はい。肝に銘じておきます」

「はい」

ここで「大袈裟《おおげさ》だなぁ」なんて言うとまた玖乃のお説教が始まりそうなのでとりあえず頷いておく。

話が終わり、お互い無言になる。

朝が早いので辺りはシーンとしている。

玖乃はまだ家に入る様子はない。

俺はスマホを確認して……。

「玖乃」

「はい」

「留衣が来るまであと5分あるから……それまで雑談に付き合ってくれるか？」

「！」

玖乃の表情は分かりやすく明るくなった。

それから留衣が来るまで玖乃の過保護発言を聞いたり、何気ない雑談をして過ごしたのだった。

◆◆

「出発前の説明は以上だ。各クラス速やかにバスに乗り込むように」

学年主任でもある聖美《きよみ》先生の話も終わり、クラスメイトたちが続々とバスに乗り込んでいく。

俺と留衣は列には並ばず、端の方にいた。男子と男性護衛官は最後に乗るから。

席もあらかじめ決まっている。隣にはもちろん男性護衛官が座る。つまり俺の隣には留衣。

順番が回ってきてバスに乗り込めば、俺が窓際で留衣がその隣に座った。

「ふわぁ……」

大きな欠伸《あくび》が出る。

「おや？　眠そうだね、郁人《いくと》」

な。

「……まあな」

家を出る時には目が冴《さ》えていたものの今は欠伸と眠気が止まらない。

何故《なぜ》眠いかって？　林間学校が楽しみで徹夜したからだよ。遅刻でもしたら最悪だから

「林間学校が楽しみで徹夜していたんだね」

「おお、正解」

「ふふ。郁人は分かりやすいからね」

留衣が顎に手を添えて笑う。

「俺ってそんな分かりやすいのか？」

「分かりやすいというか、表に溢《あふ》れ出てるというかねぇ」

なにそのフェロモンみたいなやつ。

「睡眠はしっかり取らないといけないよ？　せっかくの林間学校が楽しめないからね」

「だよなぁ」

待ちに待った林間学校なんだ。思いっきり楽しむためにも……バスで睡眠を確保すると

しよう！

「それに……」

「ん？」

留衣が俺の服の裾をちょこんと控えめに摑《つか》んだと思えば、耳元に近づいてきて。

「わたしも郁人との林間学校、楽しみだから」

「お、おう……」

頬を少し染めて上目遣い気味の留衣の姿に俺はドキッとした。

◆◆

「すぅ……ふへへ……」

郁人はよほど寝不足だったらしくバスが出発するなり、すぐに眠ってしまった。

いい夢を見ているのだろうか？　だらしない笑みを浮かべている姿は微笑《ほほえ》ましいのだけど……。

「郁人は本当に危機感がないねぇ……」

男性護衛官のわたしだって一応は女性である。

肉食的な部分も持ち合わせている。

それに……わたしは郁人のことが好きだ。

わたしがそう思ったその時。

「んん……」

こてん、と。郁人がわたしの肩に頭を預けた。

「はぁぁ……」

ほんと、無自覚とは恐ろしい。

わたしは今日も郁人にドキドキさせられる。

視線を夢中にさせられる。

そしてそれは――わたしだけではない。

わたしは視線には人一倍敏感なのだ。

通路を挟んだ隣の席。学級委員長の彼女と目が合う。

「あら。遠坂《とおさか》君と目が合いました～」

チラチラと控えめに見る様子もなく、男性護衛官であるわたしを気にすることもなく、
ガッツリ郁人を見ていたのは、鹿屋さん。

「写真撮ってもいいですか？」

スマホを片手に懲りずに笑みを浮かべ、そう言う鹿屋さん。

「郁人に許可を取らないことには何とも言えないかな」

「それはダメってことですね。分かりました」

鹿屋さんは随分とあっさりスマホをしまう。

普段は委員長として個性豊かな女子生徒たちを声ひとつで纏《まと》め、模範的な振る舞いをしており、人望も厚い。

しかし、郁人が絡むと鹿屋さんは双子がいるのかな？　と思ってしまうほど普段の彼女とはテンションの差が激しい。

それに鹿屋さんは男子に対して饒舌《じょうぜつ》になったり、積極的にならないタイプかと思っていた。

それほど彼女も郁人に思い入れがあるということなのかな？

それも、縁談話を片っ端から断って学校に来るのが遅くなるほどに。

「何はともあれ、今日は学校行事だから委員長の仕事はちゃんとしてもらうよ、鹿屋さん」

「ふふ、分かっていますよ。さすがに林間学校では人手が必要だと思いますから。ちゃんと委員長モードでいきますよ」

「うん、本当に頼むからね。わたしたちが護衛しているのは普通の男子ではなく、郁人なのだから」

「ふふっ。はい、そうですね。市瀬《いちせ》君は特別な男の子ですから。……私たちにとって」

にこっと笑う鹿屋さん。

どうやらわたしが郁人のことが好きだなんてこの子にはお見通しのようだ。

◆◆

「市瀬君。目的地に着きましたよ。早く起きないとバスで林間学校を終えることになります」

そんなソプラノの綺麗《きれい》な声がハッキリと頭に響く。

「ついた……？　林間学校？　……。はっ！」

一瞬で目が覚め、慌てて身体《からだ》を起こす。

俺のばかっ！　ぐっすり寝てる場合じゃねぇぇ！

林間学校はもう始まっているのだ！

「うふふ。おはようございます市瀬君。熟睡でしたね」

顔を上げれば、微笑む鹿屋さんの姿があった。

「あ、ああ……おはよう、鹿屋さん。起こしてくれてありがとう……」

寝顔を見られていたと思うと、ちょっと恥ずかしいけど。

周りを見回せば、皆バスを降りているところだった。

「あれ、留衣は？」

隣の留衣がいない。

「遠坂君は男性護衛官の招集があったので先にバスを降りましたよ」

「なるほど。だから代わりに補佐役の鹿屋さんが俺を起こしてくれたと」

「そういうことです」

林間学校ではこういうことが多くなりそうだな。

「遠坂君が隣にいないと心配ですか？」

「俺は他の男子と比べて男性護衛官がいないと心配になるってことはないかな」

「いえ、そうではなくて……」

「え？」

俺が聞き返すと、鹿屋さんは少し考えるように間を空けたが。

「いえ、なんでもありません。行きましょうか」

鹿屋さんは笑みを浮かべた。

バスを降りる列に並ぶ。

鹿屋さんが前に。俺はその後ろに。

自然と鹿屋さんの後ろ姿に視線がいく。

俺の視線はあるところで止まっていた。

「……ふむ」

鹿屋さんのスカートから伸びる脚は黒タイツに包まれていた。

黒タイツって……いいよなぁ！

それからお世話になる施設の人に挨拶をして、各自部屋でジャージに着替えて再度集合。

ニコニコ笑顔で返事をする女子たちと対象的に。

「林間学校始まっちゃうんだ……」

「頼むから何事もなく終わってくれ……」

すごく不安そうな表情の男子。

そして俺はというと……。

「楽しみだなぁ～！」

男の中で唯一、ワクワクしていた。

◆◆

午前中のスケジュールが終わって、お昼の時間を迎えた。

特に変わったことはなく、話を聞いたり、映像を見たり……うん、特に変わったことはなかった。

普通ってことが男子にとってはいいことなんだろうけど……俺としては、ちょっとは凄いイベントがあるんじゃないかって期待していた。

正直にいえば、美少女とちょっぴりエッチなハプニングとか！

だって貞操逆転世界だからな！

しかし、午前中は何事もなく終わった。

まあしおりに書いてるスケジュールを見た時点で分かっていたことだけどさ。

切り替えてお昼の時間だ。

バスでは寝てしまって朝ごはんを食べそびれたのでお腹《なか》がめっちゃ空《す》いているんだよなあー。

俺たちは食堂ではなく……野外調理場へ移動した。

「じゃあお前らー。ちゃんとしたカレーを完成させろよー」

「「「はーーい!!」」」

先生の声に女子たちが明るく元気に返事。

林間学校の昼ご飯といえば、皆でカレー作り。

家族以外の人と協力してご飯を作るのって、特別感があってワクワクするよな。

そして俺にはもうひとつ……楽しみな要素があった。

俺は他の班の会話を盗み聞きする。

「アタシが料理担当がいい！」

「えー！　わたしが料理担当！　この日のために超特訓してきたんだからっ」

「火おこしと水汲《みずく》みって、男子にいいところ見せられないから嫌だー！」

「ねぇねぇ。君は誰の手料理食べたい？　私だよねっ」

「おーほっほっほっ！　皆様どきましてよ！　この各地方から取り寄せた最高級食材でわたくしが殿方の胃袋をわしわし摑《づか》みにするのですから！」

料理に取り掛かる前から盛り上がっているようだ。

最後の子はなんだか胃袋をもぎ取ろうとする勢いだな。

女子たちは林間学校でなんとしても男子との距離を縮めたい。

だからアピールポイントとして料理上手なところを見て欲しいという女子が多い。と、留衣が言っていた。

『高橋《たかはし》くんっ。私の手作りお弁当食べて！』

『田中《たなか》く～ん。これぇ、５分で完売するっていうあそこの限定サンドイッチ～。ついでにわたしも食べていいよぉ～』

『皆さまどきましてよ！　お２人とも！　わたくし専属のシェフがフレンチのコースをご用意いたしましたので、ぜひっ!!』

美少女が持ってきてくれた手作り弁当やわざわざ買ってきてくれたサンドイッチ、高級なフレンチは食べられなかった俺だが……。

美少女の手料理を食べられるチャンスでは！

うちの班は留衣や鹿屋さんという纏め役がいるし、喧嘩《けんか》など起こらず皆で協力して作るって感じになるだろうから美少女の手料理っていうのは大袈裟《おおげさ》かもしれないが……。

皆可愛《かわい》いし、実質手料理と言ってもいいと思う！

こういう発想がモテてない男って感じがするけど、今は気にしないっ。

「わたしたちもカレー作りに取り掛かろうか」

留衣が仕切ってくれる。

頼もしいが……留衣は料理は全くできないんだよなぁ。

「ちなみに料理できる人ってどれくらいいる？」

役割分担もあるので俺は聞く。

もしかしたら他の班みたいに料理担当の取り合いになったりして。

そうして手が上がったのは……０人。

「えっ、ゼロ⁉」

留衣だけでなく、鹿屋さんや他の２人も気まずそうに視線を下に向けている。

美少女の手料理を食べるという俺の目標終わった⁉

「料理ができるというか、包丁で食材を切ることができたり、ある程度の調理の常識があればいいんだけど……」

再度聞いてみる。

もしかしたら、料理が物凄《ものすご》く上手って意味で捉えているかもしれない。

他の班の女子たちは元々料理上手かめちゃくちゃ練習してきた様子だったし、その熱に押されて中々言いづらいって可能性もあるよな。

そうして手が上がったのは……０人。やはりゼロ。

俺だけ美少女の料理食べられないの⁉

「わたしが言うのもなんだけど……１回皆で材料切ってみる？」

「なるほど。皆さんで料理勝負ということですね」

「鹿屋さん？　わたしたちで料理勝負をしてしまったら確実に誰かの血が流れるよ」

「それだけ負けられない戦いということですね」

「いや、料理で血は流して欲しくないんだけど!?」

さすがの俺も血まみれになるまで美少女の料理を食べたいわけじゃない。

「まあでも、切ってみたら意外とできるっていうのもあるし、皆やってみてくれないか？　危なくなったら俺がちゃんと止めるし！」

それから5分後。

「なるほど……。よし！　じゃあ俺が料理担当だな！」

目の前の材料たちの様子を見て俺は言う。

皆に切ってもらったカレーの材料たち。

にんじんは粗くぶつ切りに。

まだいい方だな。

玉ねぎは途中、目に染みたのか皮が中途半端に脱げており、アート作品みたいになっている。

じゃがいもはあんなに体積があるのにサイコロステーキのサイズよりも小さくなっていた。

サラダに使うトマトに至っては……べちょべちょ……うん……。

そもそも包丁の持ち方から危うかったなぁ。

包丁をこう、拳を握るような時みたいにぐっ、と握っていて……。

ヤンデレヒロインみたいな持ち方で皮膚ごと切り落としそうでヒヤヒヤしながら見ていた。

材料ごとに味の染み込み方を考えた切り方とかあるから……って言っている場合の出来じゃない。

美少女の手料理は食べてみたいが、皆に任せていたら、カレーどころか野菜炒《いた》めもろくにできなそうだ。

ここまで散々感想を述べていたら分かると思うが……皆、本当に料理ができなかった。

「えーと……ごめんね、郁人」

「申し訳ありません、市瀬君」

「「ごめんなさい……」」

ズーン、と皆落ち込む。

「いやいや！　料理ができないことを責めているわけじゃないぞ！　ただ、役割分担があるからさっ。慣れてない人が無理して料理したら危ないから事前に確認できて良かったよ！」

なんかここまで女の子たちが落ち込むのを見るのは初めてである。

「切り替えていこうぜ……！」

励ましてみる。

体育会系みたいな発言になったけど、俺たちこれから料理するだけなんだよなぁ。

「まずは片付けからですね。ではこの材料は処分しますね」

「あっ、待って鹿屋さん！」

トレーにある野菜たちを集めて、持っていこうとする鹿屋さんを呼び止める。

「せっかく皆が切ってくれた材料なんだ。料理に使わないのは勿体《もったい》ないと思ってさ」

「……いいのですか？」

「もちろん！」

むしろ、使わせて欲しい。

「でも郁人。この材料でカレーって作れるの？」

留衣が心配した様子で聞く。

「まあ、家庭で出るような、材料がごろっと入った系のカレーは作れないな」

「じゃあやっぱり材料を取り替えた方が……」

「待て待て。お題はカレーだろ？」

「うん、カレーだけど……」

「カレーって言ったら家庭的なカレー以外に他にもあるだろ？」

「他？」

留衣だけではなく、皆も疑問な様子。

「ドライカレーなんてどうかな？」

それに、ドライカレーなら野菜の形はどうであれ、粗みじん切りにするので関係ない。

「なるほど。ドライカレーの方が具材が小さくて女子は食べやすいと思う。

「なるほど。ドライカレーかぁ。郁人がいいならわたしはいいよ」

「私は市瀬君の指示に従います～」

「私も！」

「アタシも！」

意見も纏《まと》まったし、早速作ってしまおう。

それに俺のお腹もそろそろ限界である……。

「じゃあ留衣は水汲みを頼む」

「分かった」

「2人は火を起こしてくれないかな？　それから飯盒《はんごう》でお米を炊いて欲しい。分からないことがあったら遠慮なく俺を呼んで」

「「は、はい！」」

「鹿屋さんは俺と一緒にここで調理して欲しい」

「分かりました」

役割分担をすれば、あとはスムーズにいく。

「よし、俺もやるぞー」

調理に取り掛かる。

まずオリーブオイルをひいたフライパンに、細かくした牛肉を入れ、肉の色が変わるまで炒める。

加えて細かくした玉ねぎ、にんじん、ピーマンも入れる。

いったん火を止めて、刻んでおいたカレールーを加えて混ぜ、再び火にかけ水気をとばしながら炒める。

炒めることだったら鹿屋さんでもできると思い、交代してもらう。

その間に火おこししている女子2人のところへ。飯盒で白米を炊く様子を見守る。

水汲みが終わった留衣には食器の用意をしてもらった。

我ながらかなりテキパキ動けていると思う。これなら誰も怪我《けが》しないし、カレー作りが失敗することはないだろう。

「……ねぇ、アレっ」

「ええ！　あそこの班。男子が料理してるの!?」

「市瀬くん料理できるんだ！」

そんな騒がしい声が耳に入ってくるとともに、班全員からも視線が集まっていることに気づく。

ちなみに今は味の調整をしているところ。

「どうしたんだ皆？」

「いやぁ……こうして郁人の料理している姿を見るのは初めてだなぁと思って。郁人は手際がいいね」

「まあ普段から料理してるからな」

俺も貞操逆転世界に来るまでは料理はしたことがなかった。

でも母さんが男だからと優遇せず、なんでも挑戦させるって教育方針だったのもあるが……。

何より料理ができるってことはモテ要素のひとつになるかと思ったからな！

「それに指示も的確だったし。料理もできるし。凄《すご》いよ、郁人は」

「お、おう……ありがとう」

そんなに褒められるとなんか照れるなぁ。

「私、男の人で料理する人初めて見たっ」

「ねー。カッコいい〜」

女子たちの反応もいいみたいだ。

料理できるようになって良かった！

「でも俺より弟の方が料理上手《うま》いんだよなぁ」

「市瀬くん弟いるんだぁ！」

「市瀬くんの弟なら絶対いい子だよね〜」

おっと、玖乃の話題で女子たちが盛り上がった。

玖乃が美少年と分かればさらに盛り上がるだろう。

玖乃なら男だし、推薦枠で合格して一緒に高校生活を送ることができるだろう。日が経《た》ったら皆に玖乃のことを話すってのもいいかもな。

それから時間内にちゃんとドライカレーと付け合わせのサラダを完成させた。

さて、他の班は……。

「カレールーが入ってないじゃん！　これじゃ肉じゃがになっちゃうよ！」

「市瀬くんを見るのに夢中になっていたらお米焦がしちゃったよ！」

「カレー自体作ってなかったっ」

「むしろ、カレー分けてもらえないかなぁ。男が作ったカレー……」

「お前らー！　ちゃんと完成させろよ！　集団行動ってことで成績に響くぞー」

聖美先生がそう言えば、皆ドタバタと慌ただしくなる。

その後、他の班もなんとかカレーを完成させて全体で手を合わせて挨拶をして食べ始めた。

「ん、美味《おい》しい！」

「美味しいですね」

「何コレ！　うまっ！」

「お、美味しすぎる……！」

皆、最初は驚いた表情だったが次第にドライカレーをすくったスプーンを口に運ぶスピードが上がり、満足そうに目を細め笑みを浮かべていた。

皆の反応を見るに美味しくできたようだ。

俺もスプーンにたくさん具材が載るようにドライカレーをすくって大きく一口。

「うん、美味《うま》い！」

材料を細かく切ったから食べやすいし、野菜の旨《うま》みやカレールーの味がよく染みている。

ドライカレー自体も美味しいがこうして皆と食べるとより美味しく感じる。

ただ、ちょっと贅沢《ぜいたく》を言えば……。

「はいっ。あーん！」

「あー！　ずるいっ。私があーんするんだからっ」

「むしろアタシごと！」

他の班から騒がしい声がする。

それも班に男子がいるところは、我先にとあーん合戦をしていた。

俺ももっとグイグイ来ても構わないんだけどな！

「市瀬さん、どうされましたか？」

「いや、なんでもないよ。あはは……」

グイグイ来ても良いよ、なんて俺から言うわけにもいかないよな。

そんなことを言えば、男性護衛官の留衣や補佐役の鹿屋さんがいる意味がなくなるし。

「おかわりいってくる！」

「アタシも！」

「じゃあわたしも行こうかな」

留衣たちが席を立ち、俺と鹿屋さんは2人っきりになる。

「ドライカレー、本当に美味しいです。ですが、私はもうお腹《なか》いっぱいで……」

申し訳なさそうな顔をしている鹿屋さん。チラッと留衣たちの方を見たことで察する。

「おかわりするのは自由だから気にしなくてもいいよ。それに、鹿屋さん綺麗《きれい》に完食してくれてるし」

鹿屋さんのお皿は米の一粒も残っていない。

食べ方も凄く綺麗だった。育ちが良いことが分かる。

「市瀬君は変わらず優しいですね」

「ありがとう。まあ怒ったりするより、優しい方がいいよな」

それにしても、変わらず……か。

「鹿屋さん。やっぱり俺たち、前にどこかで会ったことがあるの？」

俺の問いかけに鹿屋さんは動揺した様子もなく。

「はい。ありますよ。ぜひ当ててみてください」

ふわりと笑う鹿屋さん。

そして『当てて』とあえて答えは教えてくれない言い方。

「そう言われたら当てにいくしかないかぁ」

「私はいつでも待っていますよ。これからはずっと一緒なのですから。お水のおかわり持ってきますね」

戻ってきた留衣たちと入れ替わりに、鹿屋さんが俺の分まで水を注《つ》ぎに行ってくれた。

過去のことを思い出すのもいいが……俺は今、鹿屋さんを見てどうしても思ってしまうことがあった。

「……」

俺は無言で鹿屋さんの脚に注目する。

ジャージだとせっかくの黒タイツが見れないじゃん！

◆◆

「今日のスケジュールはこれで終わりだ。これから消灯時間までは自由時間になるが……。くれぐれも男子の部屋に無断で入るな。男子を自分たちの部屋に連れていこうとするな。男子を――」

夕食後。

大広間に集まって今日最後の全体説明を聞いていた。

話しているのは、聖美先生。めんどくさそうにしながらも、しっかり仕事をこなしているあたり真面目な人なんだよなぁ。

自由時間の過ごし方の注意点という話から入ったのだが、最後らへんは男子関連の話ばかりだった。

自由時間が1番男子が狙われやすいというか、女子が男子と距離を縮めるのに絶好の時間だ。

でも男子は人数が少ないとあって、クラスの男子は皆同じ部屋。

だからこうして、部屋に篭《こも》りっぱなし。


「こっちだ！　はい、俺の勝ちー」

「また市瀬の勝ちかよ！」

俺は今、高橋と田中とトランプでババ抜きをして遊んでいた。

「高橋、お前ババが自分の手札にいる時分かりやすすぎ」

あからさまに眉間にシワが寄るんだよなぁ。

「市瀬くんババ抜き強いねー」

俺と高橋の勝負を見守っていた田中がそう言うが、田中は先ほどから手札がすぐ揃《そろ》って1番にあがっている。

だからずっと俺と高橋の一騎打ち状態なのだが、そこは俺が勝ち続けていた。

「ババ抜きやめだやめ！　次は神経衰弱にしようぜー」

連敗している高橋が不貞腐《ふてくさ》れたようにカードを集め始めた。

男同士でトランプゲームするのも楽しいのだが……。

「お前ら、部屋に女子とか呼ばないのかよ？」

俺がそう言えば、高橋と田中はあからさまに嫌そうな顔をした。

「……お前はこの部屋をラブホと勘違いしているのか？」

「してねぇよ！」

ただ女子を部屋に呼ぶってだけで、なんでそういう見方になるんだよ！

「市瀬くんはもう童貞卒業しちゃうの？」

「しないからっ。将来的には卒業したいけど……」

やっぱり将来的には誰かと付き合いたいし、童貞も卒業したい。

「高橋と田中はまだ女子には慣れないのか？　今日の林間学校はどうだった？」

「ま、まあそれなりに楽しかったが……。カレー、美味かったし」

「女子たちはいつもより積極的だったけど……丸太切りや野菜の収穫とか協力してするのは楽しかったね」

2人なりに女子と話せているみたいだ。

「良かったじゃないか」

高橋と田中の成長に親目線みたいな感想になってしまう。

「市瀬の方は昼のカレー作りで無双していたみたいだな。女子たちがきゃあきゃあ騒いでいたぞ」

「僕も見たよっ。料理している姿カッコ良かったよー！」

と、珍しく高橋と田中に褒められる。

「俺も市瀬が作ったドライカレー食べてみたかったぜ」

「僕もだよ。絶対美味しいよね」

「おいおい、2人ともー。そんなに褒めても、今はちんちんしか出せないぜ」

「「いや、出さなくていいから」」

「……はい」

マジレスに近い声色で言われた。

ラブホと童貞が良くて、なんでちんちんがダメなの！　この世界の男の下ネタのラインが未《いま》だに分からないよ！

コンコン

と、部屋のドアがノックされる音がした。

「はーい」

俺は立ち上がる。

「市瀬お前……よく警戒もなく出れるな」

「警戒もなにも、尋ね人はきっと……」

ドアを開ければ、予想が当たった。

「やぁ、郁人。元気にやっているかい」

「遊びに来たよ～！」

「遊びに来たのではなく、男性護衛官として見回りに来たんですけどね」

留衣と灯崎《あかりざき》くんと上嬢《かみじょう》くんの、俺たちの男性護衛官3人が揃っていた。

そして3人とも、先にお風呂に入ってきたのか浴衣姿であり、ちょっとドキッとした。

「お、おう。俺たちは今、トランプしていたところだ」

「それは良いね」

留衣がふわりと微笑《ほほえ》む。

「あっ、そうそう！　高橋が俺にババ抜き連続で負けて凹《へこ》んでいるから、灯崎くん慰めてあげてよ」

「よ、余計なことを言うな市瀬！」

奥から高橋の焦った声が聞こえてきた。

「しょうがないなぁ〜」

灯崎くんはニヤニヤと笑みを浮かべなら軽い足取りで部屋の中に入った。

あの様子だと高橋とは仲が深まっているみたいだな。良かった良かった。

「それでちょうど今、別のゲームをしようとしていたところなんだ。神経衰弱とかさ。人数が必要だから2人も参加してくれないか？」

「いいのですか？　わたしたちはあくまで男性護衛官の仕事として部屋を訪れたのに……」

「ああ、もちろん。それにさっきから田中の無双状態だからさ。上嬢くんにもぜひ力を貸して欲しいな」

「それはぜひお力添えをさせていただきますね」

上嬢くんはにこっと微笑み中に入る。

田中の方も仲が深まっているようで何より。

そして、最後の1人となった留衣。

「相変わらず、郁人は根回しが上手《うま》いね」

「いやいや。割と素《す》だぞ？　せっかくの林間学校なんだ。楽しい思い出を作った方がいいだろ。留衣ももちろんトランプやるよなっ」

「う、うん」

留衣は頷《うなず》いたのだが……なんだかちょっとソワソワしている？

「あはは、変なのバレちゃう？」

「浴衣はめちゃくちゃ似合っているぞ？」

「ありがとう。でも、そうじゃなくてね……」

留衣は身に纏《まと》っている浴衣に視線を向けながら苦笑。

「浴衣はどうにも着慣れないね。下はスースーするし、下着が見えてないか心配になるし……。それにわたしは足が太いし、胸も目立つし……」

俺は改めて、留衣の浴衣姿を見る。

サラシは一応巻いているのだろう。でも風呂上がりで緩くしているからか、いつもより膨らみが目立つ。

時おり覗《のぞ》く太ももは肉付きが良く艶《なまめ》かしい。

「そこも含めて似合っていると思うけど……」

「っ、そっかぁ。じゃあこのままでいようかな」

「お、おう……」

顔をほんのり赤く染めた留衣に俺まで顔が熱くなってきた。


人数が6人になり、トランプゲームはさらに盛り上がった。

「これとこれ……と。揃《そろ》ったね」

「またかよ！」

ラスト5連続でペアを揃えた留衣が圧倒的勝利で、神経衰弱2回目が終わった。

「く、悔しい！　もう1回だ！」

1枚もペアを揃えることができなかった高橋が素早くカードを集める。

高橋は負けず嫌いなんだな。

「俺も次は負けないぞ！」

そう意気込む俺だが、隣の留衣がトントンッと軽く肩を叩《たた》いてきた。

「ところで郁人。お風呂はどうするの？」

「ん？　お風呂はもちろん入るぞ？」

午後は丸太切りとかレクリエーションで身体《からだ》を動かして汗かいたしな。ちゃんとお風呂に入って綺麗《きれい》にせねば。

「それはそうなんだけど……。お風呂は部屋で入る？　それとも大浴場に行きたい？」

あー……。貞操逆転世界だとそういう問題が出てくるのか。

そういえば、聖美先生のさっきの説明でも。

『男子は風呂は部屋に付いているやつを使うやつが多いと思うが……。もし、大浴場を使いたいと思うなら、男性護衛官と補佐役の２人を見張りとして必ず連れていけよー』

って言っていたな。しかもその時やけに俺と目が合うなと思っていたらそういうことね。

俺的にはせっかく来たのだから、大浴場に行きたいが……。

留衣や鹿屋さんをわざわざ付き合わせるのは悪い。

ここは、自分の部屋で済ませて――

「先に言っとくけど、わたしも鹿屋さんにも遠慮はいらないからね？　郁人のことだから、わたしたちをお風呂の時間まで付き合わせるのは申し訳ないとか思っているんでしょ？」

「うっ……」

見透かされている！

「それに、郁人に遠慮されると……わたし寂しいなぁ」

『なんだよ、留衣。遠慮してるなんてらしくないぞ。ちゃんと言ってくれないと……俺が寂しい！』

俺が前に言った言葉をここで返されるとは。

「……そっかぁ。留衣が寂しいなら、ちゃんと言わないとな」

「そうそう。ちゃんと言って欲しいな」

「分かった。ありがとうな。じゃあ大浴場入りに行くのでついてきてもらえると助かる！」

「了解。鹿屋さんにも連絡しておくよ」

留衣が慣れた手つきで片手でスマホにメッセージを打つ。その姿さえ、イケメンで絵になる。

「おっ。鹿屋さん返信早い。トランプもキリが良いし、今から大浴場でも大丈夫？」

「必要なものは纏めてあるし、大丈夫だ。じゃああとは4人で楽しんでくれ」

俺と留衣は部屋を出るのだった。

「アイツ、やっと遠坂さんのこと女だと気づいたはずなのに全然関係変わっていないように見えて、照れている時はあるよな」

「これがもどかしいって感じなのかなぁ」

高橋と田中の呟《つぶや》きに、彼らの男性護衛官である澪《みお》と恋《れん》もまた共感したように頷くのだった。

◆◆

「おお！　広ーい！」

10人くらい入れる大浴場と水風呂。それにサウナも付いている。

しかも誰もおらず、貸切状態。

こんな広々とした空間を貸切……テンションが上がるよな。

何故《なぜ》誰もいないのかというと、言わずもがな男子は皆、部屋に付いている風呂で済ませるから。

高橋と田中に視線を向けた瞬間、あいつら首をめっちゃ横に振っていたし。

男性護衛官や補佐役が外で見張ってくれるからといっても、男子の大浴場の場所は女子の大浴場の隣。隣といっても少し離れているが……それでも男子は警戒してしまうのだろう。

「郁人ー。大丈夫そうー？」

脱衣所の方から留衣の声が聞こえる。

「おーう。大丈夫だ！　むしろ誰もいなくて貸切でいいぞ〜」

「それは良かったね」

留衣の顔は見えないがきっと微笑んでそうだな。

『どうだ？　いい湯か～？』

『雨で冷えた身体に最高だね』

それにしてもこの感じ、大雨に遭ったあの時に似てる。今回は俺が風呂に入ってるんだけどな。

洗い場でまずは髪を洗う。

シャンプーは備え付けのがあったが男子は一応、自分で持ってくるようにと言われたので自分のを使用。

「ふんふんふーん」

汚れと汗が落ちるようにしっかり洗ったし、そろそろシャワーで流そうと……。

「ほんとだ。誰もいないね」

留衣の声がまた聞こえた。

今度はやけにハッキリと。

「そうなんだよー。独り占めって感じで最高だろ？」

「だね。でも今は2人っきりになったけど」

「え？」

……2人っきり？

引っかかる単語とともに、ペタペタと足音が近づいてくるのが聞こえる。

髪を洗い流して、後ろを向けば……。

「次は身体を洗うのかな。わたし、手伝おうか？」

「え……留衣、なんで……」

留衣が大浴場《ここ》に入ってきてるの!?

◆◆

「あれ？　男子の大浴場の入り口にいるのって……鹿屋さんだよね？」

「本当だっ。委員長がいるってことは……」

「今お風呂に入っている男子って市瀬くんだよ！」

察しが良いクラスの女子たちを尻目に千夜《ちよ》は引き続き男子の大浴場の入り口前に立っていた。

「市瀬くんかぁ……」

「市瀬くんねぇ……」

はぁ、と女子数人が小さく息を漏らしたと思えば。

「市瀬くんの班……めちゃくちゃ楽しそうだったよね！」

「市瀬くん相変わらず優しいし！　明るくて面白いし！」

「いいなぁ～。わたしも市瀬くんと同じ班になりたかった～」

郁人の話題で盛り上がり始めた。

彼女たちは声量が大きくなっていることに気づかず、そのまま話し続ける。

「でも市瀬くんのあの対応に慣れちゃうと、他の男子と接する時に現実見ちゃうからやっぱり近づけないかも……」

「いやいや！　むしろ市瀬くんと今のうちに仲良くなっとけば、他の男子とかも紹介されていい感じになるかもよっ」

「確かに、市瀬くんって他の男子とも仲良いもんね～」

そんな女子たちの会話。もちろん、千夜の耳に入っている。

郁人の話題が止まらない。

これはいつものことだろうと微笑《ほほえ》ましい気持ちになる千夜。

しかし、いつまでも立ち話をされると……。

「ねぇ委員長ー！」

ふと、1人の女子が千夜のもとへ来た。

「大浴場には入れませんよ」

千夜は穏やかな笑みを浮かべるが、絶対に通さないという圧を感じる。

こういうところを見ると、学級委員長らしさを感じる。

「わ、分かってるよ〜。……ちょっとだけ覗《のぞ》くのもダメ？」

「ダメです。私が覗きたいぐらいなのですから。と言っていると遠坂君にもれなく怒られてしまいますから、無理なことは言わない方がいいですよ」

「やっぱり無理かぁ〜」

「委員長と留衣くんの護衛じゃ、絶対無理だよね〜」

「歴代最強のコンビってうちの先輩たち言っていたし〜」

女子たちはようやく暖簾《のれん》をくぐって中に入った。

あの様子だと風呂に浸《つ》かってからも郁人の話題は尽きなそうだ。

「ふふ。市瀬君はやはり女子からの人気がすごいようですね。私も遅れを取り戻したいところですが……先に進む乙女のフォローをするのも、彼の〝幼馴染《おさななじみ》〟としての務めですから」

まるで大浴場でこれから起こることを見透かしたように、千夜は微笑むのだった。

◆◆

なんで留衣が大浴場《ここ》に入ってきてるの⁉

二度見三度見しても、やはり俺の前に留衣がいることは変わらない。

さすがに驚き、口はわなわなとしか動かない俺に留衣は優しい口調で。

「驚かせてごめんね、郁人。男子が大浴場を使用している時も念のため、中をぐるっと見て回って確認するという決まりがあってね」

「そ、そうなのかぁ……」

『もし男子が大浴場に入る時は、いくつかの注意点がある！　男性護衛官と補佐役は頭に入れとけよー！』

そういや、聖美先生の説明でそんなことも言っていたよなぁ。

もし覗き魔がいたとしたら、男子がお風呂に入るところを見たいだろう。

だから男子が大浴場を使用している時に中から見張るのが効果的。

留衣がここにいる理由は分かった。

だが、俺は留衣から目が離せないでいた。

留衣の整った顔から目が離せないというよりかは少し視線を下げた部分に……。

「ああ、さすがにバスタオルは巻くよ」

俺の視線に気づいた留衣。さすがに恥ずかしいようでほんのりと頬を染めていた。

留衣の身体《からだ》にはバスタオルがきっちり巻かれているが、少し動けば股下が見えてしまいそうなほど太もものラインはギリギリ。

それでも、大切なところは隠せているのだが……。

隠しきれないのがスタイルの良さとその豊満な胸。

で、ででででかいなぁ！

どうしてもおっぱいに視線が釘付《くぎづ》けになる。

バスタオルできっちり巻いているからこそ、胸の大きさが目立つ。

タオルで頑張って押さえつけているようだが……今にも零《こぼ》れ落ちそうだ。

でも見回りだけならジャージのままでも良いのではと思ったが……俺的に眼福なので心の中にしまおう。

「巨乳好きな郁人としてはバスタオルで隠れて残念？　それともこっちの方が……いい？」

「いや、まあ……それはそれこれはこれで……。バスタオル姿ご馳走《ちそう》様です！」

「ふふ。素直だね」

むしろこう、裸よりくるものがあるよな。バスタオル姿って……。

「じゃあわたしは早く見回りを済ませるね」

と言い、留衣は俺から離れて大浴場内を歩き始める。

一応下半身をバスタオルで隠そうと思い、脱衣所でバスタオルを巻き、身体を洗い終えた頃には留衣の見回りは終わったようだ。

「うん、誰もいなかったし、カメラや危ない物とかもなかったよ」

「それが普通なんじゃ……」

「そうだねぇ。普通だといいんだけど……」

留衣が目を逸《そ》らす。言いづらいみたいだ。

うん……過去に普通じゃなかったことがあったんだな！

「見回りも終わったし、また脱衣所の方にいるよ。何かあったら声を掛けてね？　あっ、わたしたちに気を使わずにゆっくり入ってね？」

先手を打たれてしまった。

「ま、まあ……ほどほどにゆっくりするよ」

「うん、ゆっくり身体を癒《い》やしてね」

「おう。でもせっかく服脱いでバスタオル巻いたのになんか勿体《もったい》ない気もするなぁ」

まあ留衣は先にお風呂に入ったわけだし、勿体ないこともないか。

「……。それって遠回しにわたしとお風呂に入りたいって言っているのかな？　なら……一緒に入る？」

「っ⁉」

俺としては何気ないことを呟《つぶや》いたつもりが、留衣からはそんな驚きの提案が。

女の子と2人っきりでお風呂。

俺としては夢みたいなシチュエーションだ。

だけど……いいのか？　そんなことして……？

相手は留衣だし、間違ったことは起こらないと思うが……。

男としての葛藤で口籠る俺に留衣は何やら勘違いしたようで。

「……さっきの、嫌なら嫌って言って欲しい」

留衣が不安そうな表情になる。

もしかしたら留衣からしても何気ない発言だったかもしれないけど……。

その言葉に、留衣の本音が少しも含まれていないなんてことはないと思う。

じゃないと。

「……」

こんな不安を含んだ顔で俺の次の言葉を待たないと思う。

俺はひとつ呼吸して。

「そうだなぁ……。じゃあ一緒にお風呂入るか！　……背中合わせに！」

最後の最後にヘタレになる俺であった。


「じゃあお邪魔します……」

先に湯に浸かっている俺の背後から留衣も湯船に浸かる。

ざぶんと波が立ち、あと数人は楽に入れそうな広い浴槽の縁からお湯が溢《あふ》れた。

「はぁぁ……」

お湯に浸かれば、自然とそんなため息のようなものが出てしまうもので……。

後ろの留衣からは気持ち良さそうな声が漏れ出していた。肩までお湯に浸かっているに違いない。

「つか……別にタオル巻いても良かったんじゃないか？　2人っきりなんだし」

そう、今の俺たちはバスタオルを外しているのだ。

いくら背中合わせにお風呂に入っているとはいえ、お互いに何も隠さず裸というのは落ち着かないし、何よりドキドキしてしまう。

「お風呂に入る時は普通はバスタオルは巻かないだろう？　それに郁人はわたしの本当の姿を可愛《かわい》いって言ってくれた。なら、バスタオルで隠す必要もない……かなぁと……」

言葉の途中、留衣も恥ずかしくなったのか最後の方の声はしおらしいものになっていた。

「……」

「……」

お互い無言になるし、変な空気が流れる。

まじで俺……女の子……それも留衣という美少女と背中合わせに風呂に入っている。

一緒にお風呂に入っていることをますます意識し出したら余計に緊張してきた。

「その、留衣っ。今日は一日護衛ありがとうな」

無言は羞恥と理性を煽《あお》るだけなので何気ない会話から始めてみる。

後から鹿屋さんにもお礼を言わないとな。

「まだ1日は終わっていないよ。今からの時間が1番警戒しないといけないからね」

「お、おう……そうだな……」

留衣は男性護衛官としてまだ気が抜けないよなぁ。

俺もできるだけ迷惑かけないようにしないと。

「郁人は順調に女子と仲良くなっているみたいだね。改めて他の男子とは違うと思うよ」

「まあ俺は俺だからな。ちなみに他の男子はどうなんだ？」

「他の男性護衛官の情報だと……普段よりは会話は交わすみたいだよ。午後は班で協力しての作業もあったし、必然的に言葉は交わさないといけないしね。まあ、喜んで会話してるのは郁人だけだけど」

女子と話すの、普通に楽しいけどなぁ。

男子からしたら女子は怖いって念頭にあるからまだ気楽には会話はできないって感じなのかなぁ。

「郁人は楽しそうに話すから、班の女子以外にも郁人と話したいって子はたくさんいるみたいだよ」

「本当か！」

「うん」

他にも俺と話したいと思ってくれる女子が……。

それはめちゃくちゃ嬉《うれ》しいな！

「……。ところで、郁人」

「ん？」

「どうしてわたしと一緒にお風呂に入ろうって思ってくれたの？」

「そうだなぁ。留衣のあの言葉を俺としては別に否定することもないなと思ってさ」

「……そっかぁ。そうだよね。わたしは女の子だしねぇ……」

留衣は俺が女子なら誰でもいいから一緒にお風呂に入りたかったと思っているようだ。

普段からモテたいとか、女子にだらしない一面を見せているわけだし、留衣がそう思うのも仕方ない。

だから俺は自分の口から言うことにする。

「本音と本音2どっちから聞きたい？」

「建前はどこいったの？」

「そんなのいらんっ。俺は本音で生きる男なのだ」

俺がハッキリと言えば、背中越しの留衣からクスッとした笑いが聞こえた。

「じゃあ本音から」

「本音は留衣とお風呂に入りたい。確かに、留衣が女の子で俺の好みの巨乳だからというのは素直に認めます」

「随分と正直だね。じゃあ本音2の方は？」

本音2の方になり、俺は少し間を空ける。

どちらかというとこっちが言いたかったことかな。

「まず話を遡らせてもらうが……留衣の本当の姿を見て女装と言ったあの日……留衣が実は女の子ではないかと思っていたよ」

「え……」

留衣が驚くのも無理はない。

これは落ち着いた今だからこそ言える本音だったから。

『もしや……他の男と比べてまだまだ危機感がない俺に女の怖さを教えようと、わざわざ女装してきたんだな！　だが、俺には効かないぞっ。誰にも話しかけられずに買い物を終えたことでダメージはすでに喰《く》らっているわけだし！　ぐはぁ……』

あの時は自分でも早口で何を言っているんだという感覚だった。

あの時の留衣の姿……初めて見るはずなのに何故《なぜ》かしっくりきた。

それに申し訳なさそうな顔で聞かないで欲しいと頑《かたく》なに口を閉じていた。

さすがの俺も……頭の片隅でほんの少し……留衣が実は女の子かもしれないと思った。

「確かに強引な理由付けだと思ったけど……郁人ならあり得るかなと……」

「まあ俺って馬鹿だからな」

「うん」

即答される。

まあ本当のことなので否めないけど。

「あの強引な理由付けを俺は気づいたら無意識にやっていた。でも今落ち着いて考えると……留衣の顔を見て触れられたくない何かがあるって咄嗟《とっさ》に判断したんだと思う」

俺と留衣はいつも隣にいた。

打ち明けるタイミングはいくらでもあった。

あの日、留衣が男装を解いたありのままの姿が自分が意図しないハプニングだったとしても、あの時が打ち明ける絶好のチャンスだったと思う。

そんな時に留衣は……申し訳なさげな表情で口をつぐんでいた。

それを見て俺は、女の子の外見であることにこれ以上触れて欲しくないのかなと思い、俺から強引な理由付けをして話を終わらせた。

誰にだって、触れて欲しくないことは1つや2つある。

それを話してくれるなら力になるし、話さなくても別にいいと思う。

「なるほど……。わたしも落ち着いて振り返ると、あの時、郁人が女装って言ってくれて少しホッとしていたかも。わたしはまんまと郁人に泳がされて自白させられたということか」

「言い方⁉」

まあ結果、留衣が身体《からだ》を押し当ててきて、女の子だと気づいた時にはめちゃくちゃ驚いたけど。

「そっか。ありがとうね」

留衣の声色は嬉しそうに明るかった。

きっと俺が一緒に風呂に入りたかったもう1つの本音がこのことを言うため、ということにはもう気づいているのだろう。

それからのぼせない程度に俺たちはいつものような軽口や雑談をするのだった。

◆◆

林間学校2日目。

朝食バイキング後、宿泊施設からちょっと行ったところにある森に俺たちは集合していた。

聖美先生が「あーあー」とメガホンテストをしたのち、話し始める。

「さて、昨日のうちに勘付いたやつはいると思うが……2人1組での肝試しとかうちの学校ではやらん。てか、できんだろ」

女子たちからは残念がる声が上がり、男子たちは安堵《あんど》している。

林間学校の1番のイベントといえば肝試しだが、さすがに暗闇の中を男子に歩かせるのは危険と判断したのかやらないらしい。

妥当な判断だと思うし、今回ばかりは肝試しが苦手な俺としてもマジで助かった。

「代わりと言ってはなんだが、しおりにも書いてある通り、2人1組での森の中のウォーキングはある。だから特に女子。今のうちに喜べ」

「「「いえええええい!!」」」

「結局、女子と2人になるのか……」

「俺、生きて帰れるのかな……?」

女子大歓喜。男子絶望。

俺はというと。

「いえええええい!!!」

女子に混じって1人だけ野太い声を上げていた。

隣の留衣からは相変わらずだなぁという視線を向けられている。

それから聖美先生が説明を始めた。

要約すると、クラス内でくじを引き、同じ数字を引いたペア同士で30分間森の中をウォーキングするというもの。

30分経《た》ったら集合場所に戻り、再度くじ引き。

森を散策しながらペアの子との交流を深めようみたいな感じだな。

でも男女ペアなら実質デートみたいなものじゃね？

俺が思ったことは女子も思っているようで。

「絶対男子とペアになるんだから！」

「アタシ、班にも男子いないからここで引かなきゃ明日から寝込む……！」

くじを引く女子たちからはただならぬ熱気を感じる。

なお、男子は3人しかいないのでほとんどの女子生徒から次々と悲鳴が上がっていった。

一方で高橋や田中とペアになった女子たちは見せつけるようにドヤ顔していた。

「次は市瀬の番か」

「まあ俺で最後なんですけどね」

そう、俺が最後にくじを引く……のだけど。

「市瀬君のペアは誰になるのでしょうか」

俺の背後にはニコニコ笑う鹿屋さんがいた。

俺が最後なので鹿屋さんはくじを引き終わっている。

そして、俺以外の生徒はくじに書いている番号同士でペアを作っている。

鹿屋さんだけはペアを作っていない。

ということは……。

「もうこれ無駄な時間じゃないですか⁉」

俺のペア絶対鹿屋さんじゃん！

「つれないことを言うな、市瀬。くじを引いてドキドキするのも青春の思い出だろうが」

「相手がもう決まっていてドキドキもないですけどね！」

と言っていても仕方がない。

箱の中に残っていた1つをさっさと引いた。

「あら。私のペアは市瀬君のようですね」

「まだ番号見てないんだけど」

こうして1回目の俺のペアは鹿屋さんに決定。

クラスごとにペアで整列し直すと、再び聖美先生の説明が始まる。

「普段運動してないやつはちゃんと準備運動してからいけよー。あと、会話のネタに困らないように森の中に宝をちりばめた。ついでに見つけてこい」

「宝ってなんですかー！」

すぐに女子生徒の1人が声を上げて質問する。

「宝とはカプセルのことだ。カプセルの中には景品の内容が書いてある。例えば、学食1週間のフリーパスやデザートのフリーパス。遊園地ペアチケット——」

ついでの割には商品が豪華！　これはやる気出るな！

「あと……男性護衛官1日体験とかだっけなぁ」

聖美先生がわざとらしく溜《た》めてから言う。その口元はニヤリと笑っていた。

言わずもがな、女子たちは1番の盛り上がりを見せた。

「男性護衛官1日体験とは……聖美先生もとんでもないものを入れてくるねぇ」

前にいる留衣が驚いたように言う。

男性護衛官側からしたら1日お休みということになるし……お得なのかな？

「男性護衛官ができる……ですか」

隣の鹿屋さんは真面目な顔で何か呟《つぶや》いていた。

「カプセルはこの時間の最後に一斉に開けるからなぁ。見つけたからってすぐに開けないようにー。じゃあペアごとに時間をずらしてスタートだ」

◆◆

順番が来て、俺と鹿屋さんも森の中を歩く。

「それで私のことは思い出せました？」

「うーん、まだ思い出せないかなぁ……」

本当にさっぱり思い出せない。

鹿屋さんのような美少女なら子供の頃もさぞ可愛《かわい》かったのだろう。

生憎《あいにく》俺は子供の頃、〝可愛い女の子〟と接した覚えがない。

だから余計に鹿屋さんと昔出会ったことが思い出せないでいた。

「何かヒントないの？」

「ヒントですか……」

正解を言ってくれることが1番ありがたいけど、そうしないってことは何か事情があるのかもしれない。

それに正解はいつでも聞き出せるし、考えてみるだけ考えてみる。

「ヒントになるか分かりませんが……回答の仕方は〝私が昔はどういう子だった〟にします」

「ほ、ほう？」

　ということは、鹿屋さんの昔は今とは違った感じなのか？

「やべぇ。ますます分からなくなったかも」

「ゆっくりで大丈夫ですよ。いっくんと話せるだけでも私は楽しいのですから」

　ふわりと笑う鹿屋さんに俺はドキッとする。

「さて、お話するのも楽しいですが……私はお宝探しをしたいのですが、市瀬君もぜひ協力してくださいますか？」

「おお、もちろんだとも！」

　俺はジャージを腕まくりしてやる気をアピール。

　それから他愛《たわい》のない会話を挟みつつ、俺と鹿屋さんは宝探しに没頭した。

　2回目は初めて話す女子生徒だった。

　宮前《みやまえ》さんという名前で、最近のマイブームはB級映画鑑賞らしい。おすすめの映画を教えてもらったので今度、玖乃とレンタルショップに借りに行こうと思う。

　3回目は何故《なぜ》か田中とペアが当たった。男同士の目立つ組み合わせとあり、周りの女子からの熱い視線で会話どころではなかった。

◆◆

「休憩挟んだらもうラスト1回やるぞー！」

「もう最後なの〜〜！」

「私まだ男子とペアになれてなぁーい！」

「次こそ絶対男子のペア!!」

聖美先生の声掛けに女子たちからは様々な声が上がるが、いずれにしろ熱気に満ちていた。

男子たちは……意外にも嫌そうな雰囲気はなかった。

女子たちと会話することは悪くないと思い始めたのかな。

「ちなみに最後に男子と組む女子生徒は決まっている。最後のペアは男性護衛官だ」

聖美先生は決定事項とばかりにキッパリと言うが、女子たちからは当然、「納得いかない〜」「男性護衛官はいつも男子の隣にいるじゃん！」などとブーイングの嵐。

「はいはい、お前ら静かにしろー。男性護衛官もたまには業務抜きにして、ただの女の子として男子の隣で話したいこともあるだろう。それと、この時間だけは男装でなくても良しとする。まあ、髪縛っているやつは下ろしたり、サラシ巻いてるやつは解《ほど》いたりしていいぞってことだ」

この発言にはいつも冷静な男性護衛官からもざわざわと驚きがあった。

そしてブーイングしていた女子たちにも変化があり。

「確かに同い年なのにいつもボディーガードやっているし、たまには息抜き的なことも欲しいよねぇ」

「男性護衛官の男装解いたレア姿見れるのは嬉《うれ》しいかも！」

普段の男性護衛官の仕事ぶりによる信頼と、男性護衛官が美形集団ということもあり、男装を解いた姿が見たいという需要から女子たちのブーイングは収まり、男子の最後のペアは男性護衛官に決定した。

「高橋くん最後に同じペアだね〜。にひひ〜」

「田中くん。最後よろしくお願いします」

休憩中。

横に目をやれば、灯崎くんと上嬢くんが高橋と田中にそれぞれ話しかけていた。

「最後は灯崎がペアか……ま、まあ他の女子よりかは会話が困らないよなっ」

「上嬢さんよろしくね。トランプした時に話した続きしよっ」

高橋も田中もかなり打ち解けてきているみたいだ。

それはずっと傍《そば》にいた彼女たちも感じているようで、灯崎くんと上嬢くんも嬉しそうだ。

あそこの空間は眺めていて微笑《ほほえ》ましいと思っていると俺の隣に留衣が来た。

「郁人。最後よろしくね。はい、これ水」

「ありがとう」

わざわざ自販機で俺の分まで飲み物を購入してくれた留衣。

ありがたく受け取り、キャップを開けて飲む。

「ふぅ、生き返る〜」

「ウォーキングだけど、結構汗かくよね」

「だなぁ」

運動量は大したことはなくとも、ペアになった子とコミュニケーションを取ることに知らず知らずに緊張しているっていうのもあるかもしれない。

留衣も水を一口飲み……。

「郁人。男装のわたしと本当のわたし、どっちがいい？」

そう聞いてきた。

「もちろん、可愛い留衣の姿が見たいです！　男装を解いたお姿、是非見せてください……！」

「よろしい」

　留衣は嬉しそうに微笑むのだった。

◆◆

「先生たちも最後に粋な計らいするよね。まさか男装を解いた男性護衛官をペアにするのだから」

「だなぁ」

　それから雑談したり、お宝探しをしたりして残り時間が僅かに迫ってきた頃だった。

「いいからっ、カプセルを俺によこしやがれ！」

　突然、怒鳴り声——男の声が聞こえた気がした。

　何かトラブルが起きていることだけは間違いないだろう。

「行ってみようか」

「お、おう」

　その声の元に行けば、見覚えのある男子がいた。藤野《ふじの》だった。

　それに怯《おび》えるようにいる女子2人。手元にはカプセルがあった。

　状況から察するに、女子たちが先に見つけたカプセルを藤野が一方的に譲ってくれと言っているのだろう。

いや、譲ってくれってもんじゃないな。男の俺によこせという上から目線の態度だ。

周りを見ると、女子同士のペア数人が心配そうに見ていた。

こういう時の対応に慣れているであろう男性護衛官らしき人物はおらず、留衣もそれを察したのか、自ら仲裁に入った。

「はい、待った。状況はなんとなく把握したよ。それで質問をしようと思うんだ」

留衣はスッと割り込み、まずは女子2人に視線を向けた。

「君たちがカプセルを先に見つけたんだよね？　それは間違いない？」

「は、はい……」

「そうですっ」

女子2人はウンウンと勢いよく頷《うなず》く。

「それで君たちはこのカプセルを誰かに譲るつもりはあるかい？」

あえて、男子とは言わずに質問。

これなら女子たちも答えやすい。

女子2人は藤野にチラチラと視線を向けつつも……フルフルと首を横に振った。

「教えてくれてありがとう。もう大丈夫だよ。あとはわたしに任せてウォーキングを楽しんで」

留衣は微笑みかけるのと同時に、彼女たちの背中を優しく押す。

この場は任せてという留衣の行動に女子2人は頬を赤くしながら駆け足で去っていった。

背中が小さくなる彼女たちを見て、留衣は不満げな藤野の方を振り返る。

「ということだ。悪いけど、いくら男子であっても人のモノを無理やり取り上げる権利はないし、させないよ」

「お前、勝手に話進めてんじゃーよ！　あともうちょっとでアイツらは俺に譲ったんだよッ」

「譲るというより、脅しだろう？　いくら優遇されているとはいえ、見逃せないね」

「お前、遠坂留衣だな。王子様だとか言われてここでも調子乗ってかっこつけてるんじゃねーよッ」

「わたしのことを知ってくれているんだね。ありがとう」

荒い口調をものともせず、留衣は落ち着いた態度で対応するのだった。

さすが留衣だな。これなら大丈夫――

「お前……ほんと気に食わないんだよ。王子様〝でか女〟のクセに」

俺の肩がピクッと反応する。

でか女……。

前にコイツが言っていたことがどういうことか、ようやく理解した。

チラッと留衣の表情を確認した。

「……」

留衣は怒るというよりも……悲しげな瞳をしていた。

◆◆

「お前……ほんと気に食わないんだよ。〝でか女〟のクセに」

瞬間、息が止まった。

『でか女』

それは過去に何度もわたしの容姿を見て男子から煙たがられていた言葉。

もう聞き慣れたと思っていたのに……身体《からだ》が硬直する。

目の前の男子は確か、藤野くん。

男性護衛官の情報共有で女子生徒に対しての当たりや言葉使いが荒いとされ、問題児という声も上がっていた。

「俺はお前が気に食わないんだよ。でかい図体《ずうたい》の女のクセに女子からきゃあきゃあ言われやがって。なんてお前がチヤホヤされているんだよ！」

わたしは何も悪いことはしていないはずなのに、彼の口調はまるで責めるかのようだ。

ただの八つ当たりだと分かっているのに。

「おい、聞いてんのかよ。でか女がッ」

『でか女』

その一言だけはわたしは……。

「えと……藤野君、だよね？　わたしに構っているのもほどほどにして、早く他のカプセルを探しに行った方がいいと思うよ」

刺激しないようにあくまで事務的な口調を崩さない。

冷静だ。

いつも通り、冷静なはずなのに……なんでこんなにも不安なんだろうか？

「あ？　口答えしてるんじゃねーよ。女のクセに」

「矛盾しているね……」

口調はいつも通りなのに言葉が続かない。

それは藤野くんも察したみたいで。

「ハッ。男子に言い立てられただけでビビるなんて、お前、男性護衛官向いてないな。でも辞めたところでその無駄乳を晒《さら》すことになるのか。お前、もう学校辞めたらどうだ？」

「っ……」

「ふ、藤野くんっ。ちょっと言いすぎじゃ……」

すると彼のペアの女子生徒が弱々しくもそう言ってくれた。

「あ？　なんだよ。この俺に文句があるのか？」

「いや、その……」

男子の鋭い視線に耐えられず、女子生徒は俯《うつむ》いてしまった。

「なんだよ、お前もハッキリ言えよ。これだから女は男の言いなりとか言われるんだよっ」

わたしのせいで、他の子も傷ついている。

怒りや悲しみよりも……諦めのような気持ちが込み上げた。

もう、仕方ないことなんだ。

どんなに外見を変えても、好きな人に受け入れられても、結局、周りは変えられな――

「なんでお前、そんなに偉そうなんだよ」

この場の悪い空気を切り裂くような声。

でも怒号ではなく、冷静な声。

隣を見れば、郁人がいる。
彼の瞳は随分と——落ち着いていた。

◆◆

藤野が言うことに俺はムカついていた。全部、留衣への八つ当たりだ。

握りしめた拳は小刻みに震えてしまう。

今すぐに腹の底から「なんだとコラァ！」と怒鳴りたい。

でも俺が感情任せに言ってしまえば、今度は俺と藤野の喧嘩《けんか》に発展するだけ。

そんなことは留衣も望んでいないだろうし、俺が傷つくことによって留衣がより一層傷つくことになる。留衣は何も悪くないのに。

そもそも口論で言い負かせるほど、俺は留衣の全てを知っているわけではない。

でも……隣で見てきたことは堂々と言える。

ふぅ、と一息つく。

冷静になり、頭がクリアになったタイミングで俺は口を開いた。

「なんでお前、そんなに偉そうなんだよ」

まずは、一言。

「チッ、またお前かよ……」

俺が会話に割り込んできたことで藤野は不快とばかりに顔を顰《しか》め、その目は鋭い。

俺は冷静になっていることもあり、対抗して鋭い目にすることもないし、今から言うことも淡々と言える。

「そりゃ担当の男性護衛官が誰かに八つ当たりされてたら割り込むだろ」

「へぇ、随分と優しいんだな。良かったなー、でか女？　お前の担当の男子はどの女にも媚《こ》びるやつで」

「はいはい、そうやってすぐに留衣に絡まない。てか、留衣はカッコよくて対応も丁寧だし、モテるなんて当然だろ。自分がチヤホヤされないことを他人のせいにするのはダメだぞー。それも八つ当たりするなんてもってのほかだ。でも、留衣だってここまで苦労してきているんだ」

俺は言葉を重ねる。

「そもそも俺たち男はさ、この世界において何も変えなくても苦労しないだろうけど……彼女たちは違うんだよ」

「はぁ？」

藤野は依然、喧嘩腰だが俺の口は止まらない。

「外見や話し方や距離感……男子ごとに変えてくれてさ。それって絶対大変なことだ。でも俺たち男の前だと『普通』のことみたいに振る舞ってくれるんだ。だから……」

藤野の目をしっかり見据えて。

「人を簡単に馬鹿にするなっ！　その努力を知らずに嘲笑《あざわら》うな！　俺たちの何気ない一言で傷つく人がいるんだよ！」

張り上げた声が藤野の耳にしっかり入るよう一言一言はっきり言ってやる。

「それと、俺はこれからも留衣と関わるつもりだ。だって留衣といるのは楽しいからな。でもお前は今日、俺に何を言われようがこれからも留衣に文句を言いに来るだろう」

俺は留衣の隣から、大きく一歩を踏み込む。

藤野が留衣を視界に入れないように。

留衣が藤野を視界に入れないように。

このギクシャクした空間を終わりにするために2人の間に立つ。

そうしたら両腕を胸の前で組み、堂々と胸を張って言ってやる。

「留衣は1人じゃない。隣には常に俺がいる。そして俺は遠慮なくお前に文句を言い返す」

真《ま》っ直《す》ぐな瞳で言ってやる。

「さあこれ以上文句があるなら言えよ。その倍返しで留衣のいいとこ言ってやる」

言い終わり、ふんっとわざとらしく鼻も鳴らす。

終始、俺を見るだけだった藤野だが意外にも反論はなく。

「クソがっ……。調子が狂う……。おい、行くぞお前っ」

「え、あ、はいっ！」

そんな台詞《せりふ》を吐き捨て、藤野は去っていった。

ペアの女子生徒はこちらにぺこぺこ頭を下げて追いかけていった。

「……行ったか」

ゆっくりと息を吐く。

冷静になっていたとはいえ、なんだかむず痒《がゆ》い感じになる。

「こういう真面目に言うやつ、俺慣れてないわっ」

そう言いながら振り向けば――

ぽろっと。

留衣が涙を流したのが視界に入った。

「る、留衣⁉」

まさか涙を流すなんて思いもしなくて、慌ててしまう。

「ご、ごめん……！　なんだかホッとしちゃって……。わ、わたしらしくないよねっ」

目に溜《た》まってきた涙をらしくなく袖で拭く留衣。

涙をこれ以上流すまいと我慢するためなのか、肩は小刻みに震えていた。

「……留衣」

今の俺に掛けられる言葉は何か。

それは意外にもスッと出てきて。

ぽん、と俺は留衣の頭に手を置く。

「今までもよく頑張ったな。これからは２人だから大丈夫だ」

「──っ」

留衣が息を呑《の》む音がした。

しばらくして留衣は顔を上げた。

目元は少し赤いが悲しさはもう残っていないという感じだ。

「落ち着いたか？」

「うん、落ち着いたよ……」

そう言ってもう一度落ち着かせるように深呼吸をする留衣。

すると、俺のことを改めて真っ直ぐ見たと思えば。

「わたしの隣にいるのが君で良かった」

俺はこれまでずっと隣にいて初めて、留衣の満面の笑みを見た。

それから林間学校のスケジュールが全部終了。

色々とあったものの……。

「また林間学校開催されないかなぁー」

「郁人は相変わらずだねぇ。まあわたしもこの林間学校が開催されて良かったと思っているよ」

俺も留衣も、ともに楽しめたのだった。

エピローグ

林間学校が終わり、１週間が経《た》った。

林間学校楽しかったーなどの浮かれていた雰囲気もさっぱりなくなり、いつも通りの高校生活に戻る。

いつも通り……。

そう。俺としては戻りたくなかったかも。

だって、俺だけ何故《なぜ》か女子に迫られないもん！

昼休みも放課後も相変わらず俺のところに女子は１人も来なかった。

しかし、翌日。

俺はいつもとは違った光景を見た。

「じゃあタイミングはわたしが教室を出た時にしようか。そして教室に戻ってきた時が終わりの時間だね。くれぐれも節度は守ってね？」

「はぁーい」

「やばっ、緊張してきた……」

「わたし、うまく会話を続けることができるかなっ」

昼休みもあと少しの頃。

トイレから戻ってくれば、留衣《るい》の席にクラスの女子が３人ほど集まっているのが目に入った。

放課後ならまだしも、昼間から留衣が女子たちに囲まれているのは珍しい。

それから俺が近寄れば、女子３人は各々の自席に戻っていった。

俺が帰ってきたから解散したようにも見えた。

「ただいまー」

とりあえず、留衣の隣である自分の席に座る。

「おかえり、郁人《いくと》。無事で良かったよ」

「トイレに行くだけで大袈裟《おおげさ》だなぁ。それにしても俺、邪魔した感じ？」

チラッとその女子たちの席の方を見て言う。

「ううん。こっちこそ大勢で集まっていてごめんね。席に座りにくかったよね」

「それは別に気にしてないぞ」

きっと皆、留衣と話したくて集まったんだと思うし。

留衣はイケメンな上に聞き上手だしな！　もう全部イケメンよ！

「でも邪魔したのは確かだよな。すま――」

「郁人が邪魔なんて絶対ないから」

留衣が妙に力強い言葉で俺の言葉を遮った。

「お、おう。そうか」

今日の留衣は何か違う。

不意にそんなことを思ったのだった。


放課後。

高橋《たかはし》と田中《たなか》が女子に言い寄られている光景をいつも通り遠目から見ている俺。

ただ、変わったこともあり……。

「放課後は俺、灯崎《あかりざき》とクレープ食べにいくから無理だっ」

「僕も上嬢《かみじよう》さんとアニメイド寄っていくから無理かなぁ……」

高橋と田中は大勢の女子相手にぎこちないながらも……ちゃんと目を見て話していた。

「アイツら、成長している……！」

林間学校を終えて、高橋と田中は女子だからと身構えることが少なくなり、迫ってくる女子たちに対しても、二言三言会話を交わせるようになった。

それは隣でずっと見守ってきた男性護衛官にとっても嬉《うれ》しいようで、灯崎くんと上嬢くんは口の端を少し上げ、温かい瞳で会話を見守っていた。

これからも高橋や田中には怖がらず女子と接して欲しいし、たまには男性護衛官の役目抜きにして灯崎くんや上嬢くんと遊びに行ったりして欲しいよなぁ。絶対楽しいだろうし。

まあそれはあくまで本人たちが決めることだけど。

頬杖《ほおづえ》をつきながらそんなことを思っていた時だった。

「あ、あのっ」

「市瀬《いちせ》くんっ」

声を掛けられた気がしてふと視線を横にずらせば……女子が3人ほど立っていた。

見覚えがある組み合わせだなと思えば、昼休みに留衣の席に集まっていたメンバーだ。

となれば、留衣に用事があり……。

隣の席の留衣に視線を移せば、留衣もまた俺を見ており。

「郁人は女子たちと仲良くなりたいんだよね？」

「お、おう？　そりゃもちろん」

いきなりの質問に疑問形になりながらも答える。

可愛《かわい》い女の子たちにチヤホヤされたいという願望は一旦置いといて……。

女子たちと仲良く話をしたいというのは俺の本心だ。だってせっかく同じ学校に通っているわけだし、仲良くなりたいじゃん。

「でも無理強いはしないかな。皆、話したい人と話すべきだし」

男に話しかけないといけないというルールはないわけで、俺は話しかけられないということは何かしら相性が悪いのだろう。それはもう仕方ないこと。

「俺のことは気にせず話していいぞ、留衣」

そう言って笑ってみせれば、留衣は少し間を空けた後。

「あー、わたしちょっとお腹《なか》痛いからトイレに行ってこようかなぁ～」

「え？」

留衣が棒読みっぽい口調で席を立つ。

「じゃあ行ってくるね」

女子たちの方に微笑《ほほえ》むと、留衣はそのまま教室を出た。

当然だが、俺の隣には男性護衛官がいない。

今いるのは無言で俺を見つめるだけの女子3人とその後ろで見守るようにしている鹿屋《かのや》

さん。

「……」

え……どうすればいいの⁉

入学して間もない頃のように積極的に話しかければ、何故か女子は逃げるように去っていくだろうし……。

「えと……あははは……」

とりあえず、笑みを浮かべてみる。

うん……落ち着け俺。

一旦、深呼吸でも……と思った時、先にすぅと深呼吸するような息遣いが聞こえたと思えば。

「市瀬くんっ。聞きたいことがあるんだけど！　す、好きな食べ物何かなっ」

「好みの髪型は！」

「家ではどんな風に過ごしてるのっ」

女子３人が勢いよく話し始めた。

……ほぇ？　えええ⁉

いきなりのことすぎて、さすがの俺も状況を理解するのに時間が……。

「皆さん、落ち着いてください。市瀬君が少し戸惑っていますから」

「「「はーい」」」

いつの間にか近くにいた鹿屋さんがそう言えば、女子3人は適切な距離を取り、落ち着いた。

「おお……鹿屋さんすごい」

思わず小さく拍手。

「では、市瀬君どうぞ」

「あ、うん」

あっ、俺、女子と話していいのかっ。

「えと、じゃあ最初の質問から……。好きな食べ物はハンバーグとか唐揚げかな。家でもよく作るな」

「市瀬くん家でも料理作るのっ」

「そういえば、林間学校の時の調理姿めちゃくちゃ慣れている感じしたよね～」

おっと、食いついたようだ。

「うちの家は男だからって特別扱いしないからさ。交替制で朝昼晩作ってるよ。あとは家事も」

「へぇ～」

「家庭的で素敵～」

俺の返答に女子たちがきゃっきゃっと盛り上がっている。

おお……おおおお!!

俺、今女子から話しかけられてるよ！　女子と会話しているよ！

いや、留衣はイケメンだが女の子だし、女子とは毎日話していることにはなるんだけど。

今日は皆、話を切り上げる様子もないし、ちゃんと目を見て話してくれているよ！

田中や高橋ほど女子が殺到しているわけじゃないけど……いや、人数とか関係ない！

現状がめちゃくちゃ嬉しい！

「市瀬くんもっと話していいかな？」

「おう、もちろん」

そしてこの流れを作ってくれたのはきっと不自然に教室を出ていった留衣だ。

留衣ありがとう！　今度は飲み物じゃなくてもっと豪華で美味《おい》しいもの奢《おご》ります!!

◆◆

「──正直、驚きました。林間学校が終わった後、遠坂《とおさか》君はてっきり市瀬君を独占するものかと思っていましたから。それがまさか、自ら仲を取り持つ提案をするなんて」

鹿屋さんが廊下に出ていたわたしの隣に来て並びそう言う。

わたしはスライドドア越しに見える、女子たちに話しかけられて楽しそうにしている郁人に視線を戻しつつ、ぼんやり思い出す。

それは昼休みのこと。

郁人とお弁当を食べている時にちらちらと女子3人がこちらを見ていた。

きっと郁人に話しかけたいけど、実際に話すと恥ずかしさと慣れなさで会話が続かないことから躊躇《ためら》っているのだろう。

そこでわたしは郁人がトイレに行っている間に、女子3人を呼び提案したのだった。

『わたしが色々とサポートするから、郁人と話してみない？』

と。

「気まぐれの行動ではないんですよね？」

鹿屋さんはにこっとしながらも確信を持ったように言う。実際、当たりだ。

「そうだね。気まぐれなんかじゃないよ。もちろん、目的はあるよ。郁人が女子たちと仲良くなりたいというならそれを取り持つのがわたしの仕事で、女子たちには今まで郁人の隣のわたしを色々と気遣ってくれたから、郁人と話したいなら仲を取り持ちたいと思った。

だからこうして今の状況に至る。……今更だと思うかい？」

「いえ、いいことだと思いますよ。でもそれは建前ですよね？　本音はどうなのですか？」

鹿屋さんがお見通しとばかりに、にこっと笑う。

「まあ、本音を言えばわたしは郁人の隣にいつもいるから、他の女の子たちにもたまには譲ってあげようと思ってね。という言い方は偉そうだから補足させてもらうと、わたしが実は女の子って打ち明けるまで彼女たちは誰1人、郁人にバラしたりせず見守ってくれたからね。感謝しているからこそ、仲を取り持っているのは本当だよ」

「いいですね。では、今は嫉妬とかしてないのですか？」

「嫉妬してないって言ったら嘘《うそ》になるね。郁人が他の女の子にデレデレしていると、わたしの気持ちはモヤモヤしてしまうよ。でもわたしはわたしなりの攻め方をこれからしてみようと思うよ。この見た目と身体《からだ》はちゃんと彼にとって効果的だと知ったからね」

「そうですか」

どこか吹っ切れたようなわたしも鹿屋さんにはお見通しなのだろう。

鹿屋さんがそれ以上話を掘り下げることはなかった。

「ふふっ。私も負けられませんね。〝いっくん〟には早く私のことを思い出してもらわないといけません」

鹿屋さんは楽しげに笑う。

いっくん、かぁ……。

やはり鹿屋さんは過去に郁人と出会っているのか。それも、縁談話を片っ端から断るほどに……好きでいる。

「でも鹿屋さん。油断していると一生気づかれない可能性あるよ？　郁人はわたしの本当の姿を見ても女装って言うのだから。ちゃんと口に出して言ってあげないと」

「あら。それは私のことに気づいてもらえるのも時間が掛かりますね。ヒントの回数増やしますかね」

「そうした方がいいと思う。郁人は馬鹿で無自覚で無防備だから。でも鹿屋さんより前に郁人は別の人物の本当の姿に気づくかなぁ」

1人だけ置いてけぼりなんて嫌だよね、玖乃《くの》〝ちゃん〟。

わたしは彼の隣に1番長くいるだろう、弟であり、女の子である彼女を思い浮かべるのだった。

また郁人に視線を戻せば、歯を見せた笑みを浮かべている。

この無邪気な笑みを見るたびに安心できて、これから先もわたしの隣にいるのは市瀬郁人という男子がいいと強く思う。

いいや、言い方を変えよう。
もっとこう、強気に。
市瀬郁人の隣にわたしは恋人として並び立つのが今後の目標だ。

あとがき

皆様、はじめまして！　作者の陽波《ひなみ》ゆういと申します。

この度は本作品をご購入いただき、誠にありがとうございます。

本作品は、カクヨムというＷＥＢ小説サイトにて投稿していたものに約８割ほど書き下ろしや修正を加えてお届けしており、打診を受けた時は、「貞操逆転モノやっていいのですか⁉」「ドッキリではない？」などと驚きと戸惑いの連続でした。

実際、打ち合わせや改稿作業をしている時もず——っと疑ってました（笑）。

普段はカクヨムで自由気ままに執筆していたため、改稿作業はとても大変でしたが……担当編集者様にはご意見や丁寧な対応をしていただき感謝しております！

イラスト担当のゆか様にもこの場を借りて感謝申し上げます。

各キャラの容姿や髪型や制服など試行錯誤していただき、郁人《いくと》と留衣《るい》、玖乃《くの》、千夜《ちよ》、どのキャラクターもとても魅力的に描いていただきました！　もう最高すぎません？

最後になりますが、ここまでお付き合いくださりありがとうございました。

また２巻でお会いできましたら、よろしくお願いいたします！　ではでは！

貞操逆転《ていそうぎやくてん》世界《せかい》ならモテると思《おも》っていたら

著　陽波《ひなみ》ゆうい

角川スニーカー文庫　24183

2024年6月1日　初版発行

発行者　山下直久

発　行　株式会社KADOKAWA
〒102-8177 東京都千代田区富士見2-13-3
電話　0570-002-301（ナビダイヤル）

印刷所　株式会社暁印刷
製本所　本間製本株式会社

◇◇◇

●お問い合わせ
https://www.kadokawa.co.jp/（「お問い合わせ」へお進みください）
※内容によっては、お答えできない場合があります。
※サポートは日本国内のみとさせていただきます。
※Japanese text only

Printed in Japan　ISBN 978-4-04-114972-0　C0193

★ご意見、ご感想をお送りください★

〒102-8177 東京都千代田区富士見 2-13-3
株式会社KADOKAWA　角川スニーカー文庫編集部気付
「陽波ゆうい」先生「ゆか」先生

角川文庫発刊に際して

角川源義

第二次世界大戦の敗北は、軍事力の敗北であった以上に、私たちの若い文化力の敗退であった。私たちの文化が戦争に対して如何に無力であり、単なるあだ花に過ぎなかったかを、私たちは身を以て体験し痛感した。西洋近代文化の摂取にとって、明治以後八十年の歳月は決して短かすぎたとは言えない。にもかかわらず、近代文化の伝統を確立し、自由な批判と柔軟な良識に富む文化層として自らを形成することに私たちは失敗して来た。そしてこれは、各層への文化の普及滲透を任務とする出版人の責任でもあった。

一九四五年以来、私たちは再び振出しに戻り、第一歩から踏み出すことを余儀なくされた。これは大きな不幸ではあるが、反面、これまでの混沌・未熟・歪曲の中にあった我が国の文化に秩序と確たる基礎を齎らすためには絶好の機会でもある。角川書店は、このような祖国の文化的危機にあたり、微力をも顧みず再建の礎石たるべき抱負と決意とをもって出発したが、ここに創立以来の念願を果すべく角川文庫を発刊する。これまで刊行されたあらゆる全集叢書文庫類の長所と短所とを検討し、古今東西の不朽の典籍を、良心的編集のもとに、廉価に、そして書架にふさわしい美本として、多くのひとびとに提供しようとする。しかし私たちは徒らに百科全書的な知識のジレッタントを作ることを目的とせず、あくまで祖国の文化に秩序と再建への道を示し、この文庫を角川書店の栄ある事業として、今後永久に継続発展せしめ、学芸と教養との殿堂として大成せんことを期したい。多くの読書子の愛情ある忠言と支持とによって、この希望と抱負とを完遂せしめられんことを願う。

一九四九年五月三日

みょん Illust.ぎうにう
男嫌いな美人姉妹を
名前も告げずに助けたら
一体どうなる？
1巻
発売後
即重版！
早く私たちに
溺れればいいのに
——濃密すぎる純情ラブコメ開幕。
学年一の美人姉妹を正体を隠して助けただけなのに「あなたに隷属したい」「君の遺伝子頂戴？」……どうしてこうなったんだ？　でも“男嫌い”なはずの姉妹が俺だけに向ける愛は身を委ねたくなるほどに甘く——!?

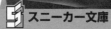

貞操逆転
世界なら
モテると
思っていたら
陽波ゆうい
イラスト ゆか

CONTENTS